Nikolaj Rubcov

Komm, Erde

Ausgewählte Gedichte

Russisch und Deutsch

Übersetzt und herausgegeben von
Raymond Dittrich, Tamara Kudrjavceva
und Hartmut Löffel

Mit einem Nachwort von Raymond Dittrich

Auswahl:
Tamara Kudrjavceva
Raymond Dittrich

Übersetzungen:
Raymond Dittrich
Hartmut Löffel

Lektorat:
Tamara Kudrjavceva
Hartmut Löffel

Ein Titelsatz für diese Publikation ist bei
Der Deutschen Bibliothek erhältlich.

Wiesenburg Verlag, Postfach 4410, 97412 Schweinfurt
www.wiesenburgverlag.de
Wiesenburg Verlag, 2004
Druck: Digital Print Group, Erlangen, Deutschland

Coverbild unter Verwendung eines Gemäldes
von Marina Razina.

ISBN 3-937101-41-1

Nikolaj Rubcov (1936-1971)

Ветры поэзии

Поэт перед смертью
сквозь тайные слезы
жалеет совсем не о том,
что скоро завянут надгробные розы,
и люди забудут о нем,
что память о нем –
по желанью живущих –
не выльется в мрамор и медь...
Но горько поэту,
что в мире цветущем
ему
после смерти
не петь...

Verweht

Mit heimlichen Tränen
betrauert, dem Tod nah,
der Dichter nicht dies als Geschick:
wie rasch auf dem Grab dort die Rosen vergehen,
und daß er den Leuten entfällt,
daß auch keine Spur sich,
so wollen sie's haben,
in Marmor und Kupfer erhält ...
nein, weh ist ums Herz ihm,
daß mitten im Blühen
er ach!
nach dem Tod
nie mehr singt ...

Первый снег

Ах, кто не любит первый снег
В замерзших руслах тихих рек,
В полях, в селеньях и в бору,
Слегка гудящем на ветру!

В деревне празднуют дожинки,
И на гармонь летят снежинки.
И весь в светящемся снегу
Лось замирает на бегу
На отдаленном берегу.

Зачем ты держишь кнут в ладони?
Легко в упряжке скачут кони,
И по дорогам меж полей,
Как стаи белых голубей,
Взлетает снег из-под саней ...

Ах, кто не любит первый снег
В замерзших руслах тихих рек,
В полях, в селеньях и в бору,
Слегка гудящем на ветру!

Erster Schnee

Wer liebte nicht den ersten Schnee,
der aufs verharschte Flußbett weht,
auf Felder, Dörfer, Nadelwald,
wenn er im Wind heult, leicht und kalt!

Zum Erntefest erschallen Glocken,
schon fliegen aufs Bajan die Flocken.
Vom Licht erhellt in seinem Lauf
verharrt der Elch und blickt hinauf
zum schneebeglänzten Ufersaum.

Was willst du mit der Peitsche schlagen?
Die Pferde wollen leichhin traben,
und auf den Wegen durch das Feld
stiebt von den Kufen Schneegewölk,
als ob ein Taubenschwarm hochschnellt ...

Wer liebte nicht den ersten Schnee,
der aufs erstarrte Flußbett weht,
auf Felder, Dörfer, Nadelwald,
wenn er im Wind stäubt, leicht und kalt!

Мое слово верное

прозвенит!

Буду я, наверное,

знаменит!

Мне поставят памятник

на селе!

Буду я и каменный

навеселе!

Meine Worte klingen wahr
und behend!
Werde wohl in eurer Schar
prominent!
Setzt man mir ein Denkmal am
Feldesrain!
Werde ich auch steinern dann
beduselt sein!

Да, умру я!

Да, умру я!
И что ж такого?
Хоть сейчас из нагана в лоб!

Может быть,
гробовщик толковый
смастерит мне хороший гроб ...
А на что мне хороший гроб-то?
Зарывайте меня хоть как!
Жалкий след мой
будет затоптан
башмаками других бродяг.
И останется все,
как было –
на Земле,
не для всех родной ...
Будет так же
светить Светило
на заплеванный шар земной! ...

Ja, ich sterbe

Gut, ich sterbe.
Was ist dran schrecklich?
Jetzt ein Schuß in die Stirn – schon Nacht!

Kann ja sein,
daß ein guter Schreiner
mir den Sarg ganz besonders macht ...
Nur was soll mir die schönste Kiste?
Hebt ein Grab aus und scharrt mich zu!
Meine Spuren
werden zertreten –
von manch anderem Streunerschuh!
Wie zuvor läuft die Welt
im Geleise,
nein, daheim in ihr
war ich nicht ...
Und die Sonne,
die strahlend Heiße,
leiht wie sonst dem Erdball ihr Licht ...

В океане

Забрызгана крупно
и рубка, и рында,
Но румб отправления дан,
И тральщик тралфлота
треста "Севрыба"
Пошел промышлять в океан.
Подумаешь, рыба!
Подумаешь, рубка!
Как всякий заправский матрос,
Я хрипло ругался.
И хлюпал, как шлюпка,
Сердитый простуженный нос.
От имени треста
треске мелюзговой
Язвил я: "Что, сдохла уже?"
На встречные
злые суда без улова
Кричал я: "Эй вы, на барже!"
А волны,
как мускулы,
взмыленно,
пьяно,
Буграми в багровых тонах
Ходили по нервной груди океана,
И нерпы ныряли в волнах.

Auf See

Von Gischt überschüttet:
Kajüte und Glocke!
Der Kompaß jedoch steht auf Fahrt,
das Fangschiff der Flotte
„Nordfisch“, vom Trust ist’s,
hält Kurs auf den Fisch und kämpft hart.
– Na, schwörst auf die Fische!
– Und du die Kajüte!
Schon bin ich ein echter Matros
und fluche stockheiser,
hab Schnupfen und schniefe
im Ton der Schaluppe drauflos!
Im Namen des Trustes
verhöhn ich den Dorsch da
als Kroppzeug: „So! Bist schon krepiert?“
Die kreuzenden
öden und frachtlosen Kutter,
die reiz ich: „He Rostkahn! ach ihr!“
Und Wogen
wie Muskeln gehn
schaumbedeckt,
trunken,
als purpurne Hügel vorbei
und über den Körper des hechelnden Meeres,
und Seehunde tauchen hinein.

И долго,
и хищно,
стремясь поживиться,
С кричащей, голодной тоской
Летели
большие
клювастые
птицы
За судном, пропахшим треской!

Und lauernd,
auf Raub aus,
beim Beutefang wendig,
laut kreischend vor Hunger und Gier:
umkreisen
uns Vögel
mit dolchlangen
Schnäbeln
und haben den Dorsch im Visier.

Букет

Я буду долго
Гнать велосипед.
В глухих лугах его остановлю.
Нарву цветов.
И подарю букет
Той девушке, которую люблю.
Я ей скажу:
– С другим наедине
О наших встречах позабыла ты,
И потому на память обо мне
Возьми вот эти
Скромные цветы! –
Она возьмет.
Но снова в поздний час,
Когда туман сгущается и грусть,
Она пройдет,
Не поднимая глаз,
Не улыбнувшись даже...
Ну и пусть.
Я буду долго
Гнать велосипед,
В глухих лугах его остановлю.
Я лишь хочу,
Чтобы взяла букет
Та девушка, которую люблю ...

Der Blumenstrauß

Ich radle,
bis die Speiche singt, hinaus
und halte erst am fernen Wiesenried.
Dort pflück ich Blumen,
binde einen Strauß
dem Mädchen, das mir so am Herzen liegt.
„Beim Andern sanft im Arm“,
so sag ich ihr,
„vergaßt du schon mal unser Stelldichein,
darum als ein Erinnerungspfand von mir,
nimm diese schlichten Blumen
mit dir heim.“
Sie nimmt sie,
doch – wenn dann der Zeiger rückt,
der Nebel dicht und Trauer fällt bei Nacht –,
dann geht sie weg,
hebt nicht mal ihren Blick,
kein Lächeln gibt's von ihr ...
Na und, was macht's?
Ich werde radeln,
bis die Speiche singt,
und halte erst am fernen Wiesenried.
Ich will ja nur,
daß es die Blumen nimmt,
das Mädchen, das mir so am Herzen liegt ...

Птицы разного полета

– Мы будем
свободны,
как птицы, –
ты шепчешь
и смотришь с тоской,
как тянутся птиц вереницы
над морем,
над бурей морской...

И стало мне жаль отчего-то,
что сам я люблю
и любим...
Ты птица иного полёта...
Куда ж мы
с тобой
полетим?!

Verschiedene Vögel

„*Wir werden*
so frei sein
wie Vögel.“ –
dein Flüstern
dem Schwarm hinterher,
dein sehnlicher Blick in die Ferne
hinweg
übers schäumende Meer.

Da fand ich uns einfach vergeblich,
geliebt bleibt doch
jeder allein ...
Du scheinst nur als Vogel erheblich ...
Wir fliegen?
Wohin
wird das sein?!

Элегия

Стукнул по карману – не звенит.
Стукнул по другому – не слыхать.
В тихий свой, таинственный зенит
Полетели мысли отдыхать.

Но очнусь и выйду за порог
И пойду на ветер, на откос
О печали пройденных дорог
Шелестеть остатками волос.

Память отбивается от рук,
Молодость уходит из-под ног,
Солнышко описывает круг –
Жизненный отсчитывает срок.

Стукну по карману – не звенит.
Стукну по другому – не слыхать.
Если только буду знаменит,
То поеду в Ялту отдыхать ...

Elegie

Schlag ich auf die Tasche – klimperts nicht.
Schlag ich auf die andre – keine Kohln.
In die stille Höh, geheimes Licht,
fliegen die Gedanken, sich erholn.

Aber ich erwach und geh hinaus,
lauf durch Böen bis zum Wasser vor,
und der Wind in meinen Haaren raunt
bittre Klageverse mir ins Ohr.

Mein Gedächtnis folgt schon lang nicht mehr,
Jugend fehlt dem Bein, hilft keine List,
ihren Kreis beschreibt die Sonne mir –
zirkelt ab des Lebens kurze Frist.

Schlag ich auf die Tasche – klimperts nicht.
Schlag ich auf die andre – keine Kohln.
Wird dann doch berühmt noch mein Gedicht,
fahre ich nach Jalta, mich erholn ...

Жалобы алкоголика

Ах, что я делаю?
За что я мучаю
больной и маленький
свой организм? ...

Да по какому ж
такому случаю? ...
Ведь люди борются
за коммунизм!

Скот размножается,
пшеница мелется,
и все на правильном
таком пути! ...

Так, замети меня,
метель-метелица...
Ох, замети меня,
ох, замети...

И заметет! ...

Klage eines Alkoholikers

Ach, was erreich ich groß!
Was quäl, was plag ich bloß
den kranken, schmächtigen –
dich, meinen Leib?

Ja und wozu denn,
warum so hemmungslos?
Die Leute schinden sich doch
fürs System!

Vieh wird sehr fruchtbar sein,
der Weizen mehlstaubfein
und alles geht den ihm
bestimmten Weg ...

Und so verwisch mich: Sturm
und Schneegestöber du
und schnei mich ein, ach zu,
verschnei mich doch!

Ja, mich weht's zu.

На гулянке

На меду, на браге да на финках
Расходились молнии и гром!
И уже красавицы в косынках
Неподвижно, словно на картинках,
Усидеть не в силах за столом.
Взяли ковш, большой и примитивный:
— Выпей с нами, смелая душа! —
Атаман, сердитый и активный,
Полетит под стол, как реактивный,
Сразу после этого ковша.
Будет он в постельной упаковке,
Как младенец, жалобно зевать,
От подушки, судя по сноровке,
Кулаки свои, как двухпудовки,
До утра не сможет оторвать...
И тогда в притихшем сельсовете,
Где баян бахвалится и врет,
Первый раз за множество столетий
Все пойдут старательно, как дети,
Танцевать невиданный фокстрот.
Что-то девки стали заноситься!
Что-то кудри стали завивать!
Но когда погода прояснится,
Все увидят: поле колосится!
И начнут частушки запевать ...

Auf dem Dorffest

Aus den Messern, Honigschnaps und Bieren
sprühten bald der Donner und der Blitz!
Tücher um der Schönen Schultern liegen,
so, als ob sie alte Bilder zieren,
ungeduldig hält sie's kaum am Sitz.
Nehmen sie die Kelle, selbstgeschnitzte,
– tapfre Seele, komm und trink mit uns! –
Ataman, der böse und erhitzte,
unterm Tisch – vom Blitz getroffen! – sitzt er,
gleich nach seinem starken Kellentrunk.
Wird dann, zugeführt dem Krankenbette
wie ein Kindlein, kläglich gähnen auch,
und vom Kissen, Leute, ja ich wette,
kann er nicht einmal die Hände heben,
sich nicht rühren bis zum Morgenrauch.
Und darauf im stillen Klub des Dorfes,
zu den schrägen Klängen des Bajan,
erstmals dann, im wahren Sinn des Wortes,
fängt man kindereifrig, deutlich hörst es,
einen niegesehnen Foxtrott an.
Scheint, als ob die Mädels stolzer eilen!
Scheint, sie lassen sich die Locken drehn!
Doch wenn wieder Wolken sich zerteilen,
sieht man auf den Feldern Ähren treiben!
Heitre Lieder singt man dann im Gehn ...

Грани

Я вырос
В хорошей деревне
Красивым — под скрип телег!
Одной деревенской
Царевне
Я нравился, как человек!

Там нету
Домов до неба,
Там нету реки с баржой.
Но там,
На картошке с хлебом,
Я вырос такой
Большой!

Мужал я
Под звуки джаза,
Под голос притонных дам. —
Я выстрадал,
Как заразу,
Любовь к большим городам.

Я зрею
Под рявканье «мазов»
На твердой рабочей земле!
Но хочется
Как-то сразу
Жить в городе и в селе!

Grenzen

Ich wuchs
in der Obhut des Dorfes
zum Knarren der Wagen heran
und stach doch
der Schönsten ins Auge:
als Mensch, war bald klar, nicht als Mann.

Dort baut man nicht
in den Himmel,
dort zieht auch kein Schleppkahn los,
nein, dort
bei Kartoffeln und Schwarzbrot
gedieh ich
und wurde groß!

Gefiel dann
den Kneipensirenen,
soff mit und am Jazz mich satt,
ach Stachel im Fleisch
und Krankheit,
so war meine Liebe zur Stadt! –

Nun reif ich
im Lärm der Motoren
im redlichen Arbeiterland!
Zu beidem
möcht ich gehören:
zur Stadt und zum Dorfverband!

Ах, город
Село таранит!
Ах, что-то пойдет на слом!
Меня же терзают
Грани
Между городом и селом...

Die Stadt, ach,
verschlingt die Dörfer!
So viel macht man achtlos platt!
Wie spalten sie mich,
die Grenzen,
in dem Streit zwischen Dorf und Stadt!

В горнице

В горнице моей светло,
Это от ночной звезды.
Матушка возьмет ведро,
Молча принесет воды …

Красные цветы мои
В садике завяли все,
Лодка на речной мели
Скоро догниет совсем.

Дремлет на стене моей
Ивы кружевная тень,
Завтра у меня под ней
Будет хлопотливый день!

Буду поливать цветы,
Думать о своей судьбе,
Буду до ночной звезды
Лодку мастерить себе …

In der Stube

In die Stube fällt der Schein
eines Sterns und hält mich wach,
Mutter kommt noch leis herein,
füllt den Wassereimer nach ...

Meine Blumen waren rot,
alle sind sie mir verblüht,
auf der Sandbank unser Boot
modert, morsch und altersmüd.

Nur der Weidenschatten liegt
hell durchbrochen auf der Wand,
Mühen, die der Morgen schickt,
sind mir draußen zuerkannt.

Und ich gieß mein Blumenbeet,
grübelnd, welches Los mir droht,
bis der Stern am Himmel steht,
bau ich mir ein festes Boot.

Памяти матери

Вот он и кончился,
покой!
Взметая снег, завыла вьюга.
Завыли волки за рекой
Во мраке луга.

Сижу среди своих стихов,
Бумаг и хлама.
А где-то есть во мгле снегов
Могила мамы.

Там поле, небо и стога,
Хочу туда, о, километры!
Меня ведь свалят с ног снега,
Сведут с ума ночные ветры!

Но я смогу,
но я смогу
По доброй воле
Пробить дорогу сквозь пургу
В зверином поле! ...

Кто там стучит?
Уйдите прочь!
Я завтра жду гостей заветных ...
А может, мама?
Может, ночь –
Ночные ветры?

Erinnerung an die Mutter

Aus meine Ruhe und
vorbei!
Da heult er los, der Schneewindriese,
so wie die Wölfe überm Fluß
auf finstrer Wiese.

Ich seh Papier und zwischen Kram
Gedichte liegen,
das Grab der Mutter irgendwo,
vom Schnee verschwiegen.

Dort sind sie: Schober, Himmel, Feld,
dort will ich hin, durch Wind und Wehe,
auch wenn er mir die Sinne raubt
und ich mehr stürze als ich stehe.

Ich schaff es schon,
ja schaff es hin
in dieser Hölle,
bahn mir den Weg durch Schnee und Sturm
zur Ackerstelle! ...

Wer klopft denn da?
He, kehrtgemacht,
erst morgen kommen liebe Leute!
Bist du es Mutter,
ist's die Nacht –
der Nachtwind heute?

Тихая моя родина

В. Белову

Тихая моя родина!
Ивы, река, соловьи…
Мать моя здесь похоронена
В детские годы мои.

– Где же погост? Вы не видели?
Сам я найти не могу. –
Тихо ответили жители:
– Это на том берегу.

Тихо ответили жители,
Тихо проехал обоз.
Купол церковной обители
Яркой травою зарос.

Там, где я плавал за рыбами,
Сено гребут в сеновал:
Между речными изгибами
Вырыли люди канал.

Тина теперь и болотина
Там, где купаться любил …
Тихая моя родина,
Я ничего не забыл.

Новый забор перед школою,
Тот же зеленый простор.
Словно ворона веселая,
Сяду опять на забор!

Mein stilles Heimatland

Für V. Belov

Stilles, mein stilles Heimatland!
Nachtigalln, Weiden, der Strom ...
Dort, wo die Mutter ihr Grab früh fand,
zu meiner Kinderzeit schon.

– Wo ist der Friedhof, kennt ihr ihn hier?
  Ich kann ihn alleine nicht sehn. –
  Leise erwidern die Dörfler mir:
– Über den Steg mußt du gehn.

Leise erwidern die Dörfler und
leis fährt ein Fuhrwerk, verhallt ...
Stumm steht die Kirche, am Kuppelrund
hat sich längst Moos festgekrallt.

Und wo ich früher die Fische fing,
trocknet man heute das Heu,
dort, wo der Fluß in die Krümmung ging,
führt ein Kanal nun vorbei.

Sumpfige Stellen, die find ich und Schlamm –
weiß noch: ich badete hier ...
Stilles, mein stilles Heimatland,
alles lebt weiter in mir.

Neu ist der Zaun vor der Schule dort –
Grün ringsum, baumhoch und weit!
Wie eine Krähe so unbesorgt
hock auf dem Zaun ich erneut!

Школа моя деревянная! ...
Время придет уезжать –
Речка за мною туманная
Будет бежать и бежать.

С каждой избою и тучею,
С громом, готовым упасть,
Чувствую самую жгучую,
Самую смертную связь.

Holzgefügt steht meine Schule noch!
Zeit wird's bald sein, fortzugehn –
Hinter dem Nebel verbirgt sich der Strom:
fließt und will niemals mehr stehn ...

Häusern und Hütten, der Wolkenbahn,
wenn auch vom Donner bedroht,
fühle ich brennend mich zugetan,
hänge daran bis zum Tod.

Я БУДУ СКАКАТЬ ПО ХОЛМАМ задремавшей отчизны,
Неведомый сын удивительных вольных племен!
Как прежде скакали на голос удачи капризный,
Я буду скакать по следам миновавших времен ...

Давно ли, гуляя, гармонь оглашала окрестность,
И сам председатель плясал, выбиваясь из сил,
И требовал выпить за доблесть в труде и за честность,
И лучшую жницу, как знамя, в руках проносил!

И быстро, как ласточка, мчался я в майском костюме
На звуки гармошки, на пенье и смех на лужке,
А мимо неслись в торопливом немолкнущем шуме
Весенние воды, и бревна неслись по реке ...

Россия! Как грустно! Как странно поникли и грустно
Во мгле над обрывом безвестные ивы мои!
Пустынно мерцает померкшая звездная люстра,
И лодка моя на речной догнивает мели.

И храм старины, удивительный, белоколонный,
Пропал, как виденье, меж этих померкших полей, –
Не жаль мне, не жаль мне растоптанной царской короны,
Но жаль мне, но жаль мне разрушенных белых церквей! ...

О, сельские виды! О, дивное счастье родиться
В лугах, словно ангел, под куполом синих небес!
Боюсь я, боюсь я, как вольная сильная птица
Разбить свои крылья и больше не видеть чудес!

Боюсь, что над нами не будет возвышенной силы,
Что, выплыв на лодке, повсюду достану шестом,
Что, все понимая, без грусти пойду до могилы ...
Отчизна и воля - останься, мое божество!

Останьтесь, останьтесь, небесные синие своды!
Останься, как сказка, веселье воскресных ночей!
Пусть солнце на пашнях венчает обильные всходы
Старинной короной своих восходящих лучей! ...

ÜBER HÜGEL DES SCHLUMMERNDEN LANDS galoppier ich verwegen,
von wunderbar freiwilden Stämmen ein seltsames Kind!
Wie einstmals sie ritten der Stimme des Glückssterns entgegen,
so folg ich den Spuren vergangener Jahre im Wind ...

Erscholl das Bandoneon weithin in unsrer Umgebung,
so tanzte sogar unser Chef und war ganz schön geschafft,
verlangte zu trinken auf Tapferkeit, ehrliche Regung,
im Arm, wie die Fahne, die Schnitterin hat er gehabt.

Und schnell wie die Schwalbe, so flog ich in festlichem Anzug
die Wiese hinüber zu Klängen, Gelächter, Gesang,
hinunter schoß hastig und klar in geräuschvollem Sturzflug
das Frühjahrsgewässer, trug mit sich die Flöße, so lang! –

Ach, Rußland! Wie traurig! Wie seltsam und traurig die Weiden
im Dunkeln am Ufersaum stehen mit hängendem Haar!
Und schwach nur noch flimmert verblassender sternferner Reigen,
mein Boot ist schon modrig geworden, taugt nicht mehr zur Fahrt.

Die Kirche mit Säulen, die alt und weiß – wundervoll waren,
verschwand mir wie eine Erscheinung im dämmernden Feld, –
es tut mir nicht leid, daß zertreten die Krone des Zaren,
doch schade ist's, daß unsre altweißen Kirchen zersprengt! ...

O dörflicher Anblick! Und Glück, hier geboren zu sein auf den Wiesen,
ja fast wie ein Engel und frei unterm himmlischen Zelt.
Nur fürcht ich, noch einmal zu brechen die wild-freien Schwingen,
wie Vögel sie brechen, und nicht mehr zu sehn diese Welt.

Und fürcht ich, daß uns bald die himmlischen Kräfte verlassen,
daß, treibend im Boot, bis zum Grund nicht mehr hinreicht mein Stab,
versteh auch, wie sinnlos es ist, meinen Tod noch zu hassen ...
Mein Land und mein Wille – ach, daß ich euch niemals verrat!

Und bleibt uns erhalten, ihr tiefblauen Himmelsstandarten,
ja, bleib, wie im Märchen, du Frohsinn sonntäglichen Fests!
Die Sonne bekröne auf Äckern die kornreichen Saaten
mit uralter Krone des morgendlich steigenden Lichts! ...

Я буду скакать, не нарушив ночное дыханье
И тайные сны неподвижных больших деревень.
Никто меж полей не услышит глухое скаканье,
Никто не окликнет мелькнувшую легкую тень.

И только, страдая, израненный бывший десантник
Расскажет в бреду удивленной старухе своей,
Что ночью промчался какой-то таинственный всадник,
Неведомый отрок, и скрылся в тумане полей ....

Ich jage dahin und zerstör nicht den nächtlichen Atem
und auch nicht die heimlichen Träume der Dörfer ringsum.
Und niemand wird meinen Galopp auf den Feldern erraten,
ruft keiner den Schatten, der leichthin vorübergehuscht.

Vielleicht nur der kranke, verwundete Luftlandejäger,
erzählt seiner Alten, und ob sie's für Fieber nur hält,
daß nächtlich vorbeiritt, geheimnisvoll irgendein Reiter,
ein Jüngling, und daß er verschwunden im nebligen Feld ...

Видения на холме

Взбегу на холм
и упаду
в траву,
И древностью повеет вдруг из дола!
И вдруг картины грозного раздора
Я в этот миг увижу наяву.
Пустынный свет на звездных берегах
И вереницы птиц твоих, Россия,
Затмит на миг
В крови и жемчугах
Тупой башмак скуластого Батыя ...

Россия, Русь – куда я ни взгляну...
За все твои страдания и битвы
Люблю твою, Россия, старину,
Твои огни, погосты и молитвы,
Люблю твои избушки и цветы,
И небеса, горящие от зноя,
И шепот ив у омутной воды,
Люблю навек, до вечного покоя. ...
Россия, Русь! Храни себя, храни!
Смотри опять в леса твои и долы
Со всех сторон нагрянули они,
Иных времен татары и монголы.
Они несут на флагах чёрный крест,
Они крестами небо закрестили,
И не леса мне видятся окрест,
А лес крестов
в окрестностях
России...

Visionen auf dem Hügel

Hinauf den Hügel
                    und erschöpft
                                    ins Gras!
Im Tal erstehen plötzlich alte Zeiten!
Und Bilder eines grauenvollen Streites
seh ich vor mir und bin im Traum hellwach.
Das fahle Licht der Sterne überm Strand
und auch die Kette deiner Vögel, Rußland,
verdunkelt mir
der perlbestickte Schuh,
mit Blut besudelt bis zum Rand, des Khanes Batu ...

Ach, Rußland, Rus – wohin ich immer blick ...
Ja, wegen deines Leids, den Kriegen,
ach, lieb ich deine Zeiten, dein Geschick,
die Wälder, Totenäcker und Gebete,
die Hütten in den Wiesen, blumenreich,
den Himmel, heiß von sommerlichem Feuer,
das Weidenflüstern bei dem tiefen Teich,
bis in den Tod, für ewig ists mir teuer ...
Ach, Rußland, Rus! Bewahr, bewahre dich!
Nun sieh: In Wälder, Täler strömen Scharen,
von allen Seiten nähern sich
aus andrer Zeit Mongolen und Tataren.
Auf ihren Fahnen droht ein schwarzes Kreuz,
mit ihnen kreuzen sie den Himmel aus,
und keine Wälder seh ich hier,
nur Wälder ganz
                    von Kreuzen
                              rußlandweit – erscheinen mir.

Кресты, кресты...

Я больше не могу!
Я резко отниму от глаз ладони
И вдруг увижу: смирно на лугу
Траву жуют стреноженные кони.
Заржут они - и где-то у осин
Подхватит эхо медленное ржанье,
И надо мной –
бессмертных звёзд Руси,
Высоких звезд покойное мерцанье ...

Nur Kreuze, Kreuze ...

Soviel ertrag ich nicht!
Ich öffne heftig nun die Augen
und seh da: auf der Wiese still und licht
die angepflockten Pferde Gräser kauen.
Nun wiehern sie – und dort beim Espenbaum
hallt wider als ein Echo dieses Wiehern,
und über mir –
                                        in Rußlands weitem Raum:
unglaublich hoher Sterne ruhiges Schimmern ...

Русский огонек

Погружены
в томительный мороз,
Вокруг меня снега оцепенели.
Оцепенели маленькие ели,
И было небо темное, без звезд.
Какая глушь! Я был один живой.
Один живой в бескрайнем мертвом поле!

Вдруг тихий свет (пригрезившийся, что ли?)
Мелькнул в пустыне,
как сторожевой ...

Я был совсем как снежный человек,
Входя в избу (последняя надежда!),
И услыхал, отряхивая снег:
– Вот печь для вас и теплая одежда ... –
Потом хозяйка слушала меня,
Но в тусклом взгляде
Жизни было мало,
И, неподвижно сидя у огня,
Она совсем, казалось, задремала ...

Как много желтых снимков на Руси
В такой простой и бережной оправе!
И вдруг открылся мне
И поразил
Сиротский смысл семейных фотографий:

Огнем, враждой
Земля полным-полна,
И близких всех душа не позабудет ...

Russischer Lichterschein

Versinkend
in dem klirrend kalten Frost,
um mich herum die Schneefelder erstarrten,
erstarrt die eisig kleinen Fichten harrten,
der Himmel dunkelte mir sternenlos.
Wie öd es war! Am Leben schien nur ich zu sein.
Allein auf einem grenzenlosen Feld!

Dann stilles Licht (doch ob's nur Träume waren?)
erschimmerte im Öden,
wie ein Wächterfeuerschein ...

Grad wie ein Schneemensch sah ich sicher aus,
als ich den Hof betrat (die allerletzte Hoffnung!),
vom Schnee befreit, vernahm ich aus dem Haus:
„Hier ist für Sie ein Ofen, warme Kleidung! ..."
Dann hörte mich die alte Wirtin an,
mit matten Augen,
schwach von müdem Leben,
bewegungslos saß sie dem Feuer nah
und schlummerte, so schien es, ohne sich zu regen ...

Wie viel vergilbte Bilder gibt es nicht
in diesen sorgsamen und schlichten Rahmen!
Da pötzlich war mir klar
und es erschreckte mich,
daß auf den Fotos lauter Waisen waren:

Von Feuer, Feindschaft ist
die Erde übervoll,
die Nächsten wird die Seele nie vergessen ...

– Скажи, родимый, будет ли война?
И я сказал: – Наверное, не будет.

– Дай бог, дай бог ...
Ведь всем не угодишь,
А от раздора пользы не прибудет ... –
И вдруг опять:
– Не будет, говоришь?
– Нет,-говорю,-наверное, не будет!
– Дай бог, дай бог ...
И долго на меня
Она смотрела, как глухонемая,
И, головы седой не поднимая,
Опять сидела тихо у огня.
Что снилось ей?
Весь этот белый свет,
Быть может, встал пред нею в то мгновенье?
Но я глухим бренчанием монет
Прервал ее старинные виденья ...
– Господь с тобой! Мы денег не берем.
– Что ж, – говорю, – желаю вам здоровья!
За все добро расплатимся добром,
За всю любовь расплатимся любовью ...

Спасибо, скромный русский огонек,
За то, что ты в предчувствии тревожном
Горишь для тех, кто в поле бездорожном
От всех друзей отчаянно далек,
За то, что, с доброй верою дружа,
Среди тревог великих и разбоя
Горишь, горишь, как добрая душа,
Горишь во мгле, и нет тебе покоя. ..

„Sag mir, mein Guter,
ob es Krieg noch geben soll?“
Ich sagte ihr: „Wohl nicht, so mein Ermessen.“

„Gebs Gott, gebs Gott ...
du kannst nicht jedem Wunsch genügen,
die Zwietracht wird euch nicht von Nutzen sein ...“
Und wieder dann:
„Und Krieg, meinst, werden sie nicht üben?“
„Nein, wohl nicht“, so warf ich ein.
„Gebs Gott, gebs Gott ...“
Sah mich noch lange an,
wie taubstumm, schien mir, war sie da,
mit tief gesenktem Kopf und grauem Haar:
so saß sie wieder still dem Feuer nah.
Was träumte ihr?
Daß jene helle Welt
vor ihr erstand im Innern eines Raumes?
Doch leis mit Münzen klimpernd, störte ich
und unterbrach die Bilder ihres Traumes ...
„Was fällt dir ein! Wir nehmen doch kein Geld!“
„So, dann gesunde Tage Ihnen – viele!“
Für Güte laßt uns zahlen unverstellt,
für Liebe laßt uns zahlen mit der Liebe ...

Hab Dank, du russisch schlichter Lichterschein,
dafür, daß du in sorgender Voraussicht
für alle brennst, die auf dem Feld und ohne Aussicht
sind, fern von Freunden, ohne Weg, allein;
dafür, daß dir die Zuversicht nicht fehlt
inmitten großer Sorgen, Räubereien
und uns wie eine gute Seele brennst
und brennst im Finstern, hörst nicht auf zu scheinen ...

Осенние этюды

А. Яшину

1

Огонь в печи не спит,
перекликаясь
С глухим дождем, струящимся по крыше ...
А возле ветхой сказочной часовни
Стоит береза старая, как Русь, –
И вся она как огненная буря,
Когда по ветру вытянутся ветви
И зашумят, охваченные дрожью,
И листья долго валятся с ветвей,
Вокруг ствола лужайку устилая ...

Когда стихает яростная буря,
Сюда приходит девочка-малютка
И робко так садится на качели,
Закутываясь в бабушкину шаль.
Скрипят, скрипят под ветками качели,
И так шумит над девочкой береза
И так вздыхает горестно и страстно,
Как будто человеческою речью
Она желает что-то рассказать.
Они друг другу так необходимы!

Herbstetüden

Für A. Jašin

1

Die Flammen schlafen nicht des Nachts,
sie ähneln
den dumpfen Regengüssen von den Dächern ...
Und neben der gebrechlichen Kapelle
steht eine alte Birke, Rußlands Bild –:
Gerade wie ein Feuersturm erscheint sie,
wenn sich im Wind die Äste weiter strecken,
erfaßt von einem Schauer, herber rauschen
und Blätter, lange schon vom Zweig gelöst,
die Lichtung um den Stamm herum bedecken ...

Als dann der aufgebrachte Sturm doch abflaut,
kommt zögerlich hierher ein kleines Mädchen
und setzt ganz zaghaft sich auf eine Schaukel,
gehüllt in mütterliches Schultertuch.
Wie quietscht und quietscht die Schaukel unter Zweigen!
Stark rauscht die Birke über diesem Mädchen:
sie seufzt bekümmert und so leidenschaftlich,
als ob sie mit der Stimme eines Menschen
uns dringend irgendwas erzählen möchte.
Ja, Kind und Birke sind einander nötig! ...

Но я нарушил их уединенье,
Когда однажды шлялся по деревне
И вдруг спросил играючи: «Шалунья!
О чем поешь?» Малютка отвернулась
И говорит: «Я не пою, я плачу ...»

Вокруг меня все стало так уныло!
Но в наши годы плакать невозможно,
И каждый раз, себя превозмогая,
Мы говорим: «Все будет хорошо».

2

И вот среди осеннего безлюдья
Раздался бодрый голос человека:
— Как много нынче клюквы на болоте!
— Как много нынче клюквы на болоте! –
Во всех домах тотчас отозвалось...
От всех чудес всемирного потопа
Досталось нам безбрежное болото,
На сотни верст усыпанное клюквой,
Овеянное сказками и былью
Прошедших здесь крестьянских поколений ...
Зовешь, зовешь ... Никто не отзовется ...
И вдруг уснет могучее сознанье,
И вдруг уснут мучительные страсти,
Исчезнет даже память о тебе.
И в этом сне картины нашей жизни,
Одна другой туманнее, толпятся,
Покрытые миражной поволокой
Безбрежной тишины и забытья.
Лишь глухо стонет дерево сухое ...

Ich aber störte ihre Abgeschiedenheit,
als bummelnd ich im Dorf mich einmal rumtrieb
und ich es dabei scherzend fragte: „Wildfang!
Worüber singst?“ Da wandte sich die Kleine
und sagte mir: „Ich singe nicht, ich weine ...“

Da wurde plötzlich alles für mich trostlos!
Man darf in unsren Zeiten doch nicht weinen,
Und jedes Mal, uns selbst noch überwindend,
behaupten wir: „Wird alles wieder gut.“

2

Und aus der Abgeschiedenheit des Herbstes
ertönte rüstig eines Menschen Stimme:
„Wie viele Beeren gibt es dieses Jahr im Moor doch!“
„Wie viele Beeren gibt es dieses Jahr im Moor doch!“
Aus allen Häusern hallte es als Echo ...
Von allen Wundern jener großen Sintflut
verblieb uns dieses uferlose Sumpfland,
auf hundert Werst, bezogen ganz mit Moosbeeren,
umweht von alten Sagen und von Wahrheit
vergangener Geschlechter unsrer Bauern ... allen ...
Du rufst und rufst ... Zurück wirds nicht mehr sch
Und jäh erstirbt das mächtige Bewußtsein,
und jäh ersterben alle Leidenschaften,
ja, das Gedächtnis an uns selbst verfliegt.
In meinen Traum sich Lebensbilder drängen,
verschwommner eines als das andre,
bedeckt von trügerischem Schleier einer
schier grenzenlosen Stille und des Dämmers,
nur leise ächzt das dürre Holz des Baumes ...

«Как хорошо! — я думал.— Как прекрасно!»
И вздрогнул вдруг, как будто пробудился,
Услышав странный посторонний звук.

Змея! Да, да! Болотная гадюка
За мной все это время наблюдала
И все ждала, шипя и извиваясь ...
Мираж пропал. Я весь похолодел.
И прочь пошел, дрожа от омерзенья,
Но в этот миг, как туча, над болотом
Взлетели с криком яростные птицы,
Они так низко начали кружиться
Над головой моею одинокой,
Что стало мне опять не по себе ...

«С чего бы это птицы взбеленились? –
Подумал я, все больше беспокоясь. –
С чего бы змеи начали шипеть?»

И понял я, что это не случайно,
Что весь на свете ужас и отрава
Тебя тотчас открыто окружают,
Когда увидят вдруг, что ты один.
Я понял это как предупрежденье, –
Мол, хватит, хватит шляться по болоту!
Да, да, я понял их предупрежденье, –
Один за клюквой больше не пойду ...

„Wie gut“, so dachte ich, „wie ausgezeichnet!“
Und dann erschrak ich mich, fuhr wie aus Träumen,
vor einem ungewöhnlich fremden Ton.

Sieh nur! Die Schlange! Ja doch, eine Otter
belauerte mich eine ganze Weile
und wartete dort, züngelnd und sich schlängelnd ...
Das Bild zerfiel! Vor Schreck erstarrte ich!
Dann ging ich fort, erzitternd und voll Ekel.
In dem Moment, wie Wolken überm Sumpfland,
erhoben sich mit bösen Schreien Vögel,
begannen tief und wild umherzukreisen
und zogen nah an meinem Kopf vorüber,
so daß ich wieder wie benommen stand ...

„Was machte denn die Vögel nur so wütend?“ –
das fragte ich, die Unrast nur noch steigernd. –
„Was fing die Schlange denn zu züngeln an?“

Und da begriff ich, nein, es war kein Zufall,
daß aller Schrecken in der Welt, die Gifte
sogleich und offen dich umkreisen werden,
wenn sie nur merken: hier bist du allein!
So war mir dies, wie man so sagt, zur Warnung:
Genug, genug, nicht weiter in die Sümpfe!
O ja doch, ich verstand wohl ihre Warnung:
Allein geh ich ins Moor jetzt niemals mehr ...

3

Прошел октябрь. Пустынно за овином.
Звенит снежок в траве обледенелой,
И глохнет жизнь под небом оловянным,
И лишь почтовый трактор хлопотливо
Туда-сюда мотается чуть свет,
И только я с поникшей головою,
Как выраженье осени живое,
Проникнутый тоской ее и дружбой,
По косогорам родины брожу
И одного сильней всего желаю –
Чтоб в этот день осеннего распада
И в близкий день ревущей снежной бури
Всегда светила нам, не унывая,
Звезда труда, поэзии, покоя,
Чтоб и тогда она торжествовала,
Когда не будет памяти о нас ...

3

Oktober ging vorüber. Hinter unsrer Darre
knirscht erster Schnee auf den vereisten Gräsern,
erstarrt das Leben unter grauem Himmel,
und nur der Posttraktor, der schaukelt hurtig
bei Tagesanbruch quer durch unser Dorf.
Nur ich streif mit gesenktem Kopf vorüber,
wie ein beseeltes Bild des düstren Herbstes,
mit ihm in Trauer und in Freundschaft einig,
streif über Hügel unsrer Heimat hin.
Von allen Wünschen hab ich nur den einen –
daß in den Tagen herbstlichen Zerfalls
und in den nahenden des lauten Schneesturms
uns scheinen möge, ohne zu verzagen,
der Stern der Arbeit, Poesie und Ruhe,
daß dieser Stern noch dann bestehen möge,
wenn das Gedächtnis auch an uns erlischt ...

Прощальная песня

Я уеду из этой деревни ...
Будет льдом покрываться река,
Будут ночью поскрипывать двери,
Будет грязь на дворе глубока.

Мать придет и уснет без улыбки ...
И в затерянном сером краю
В эту ночь у берестяной зыбки
Ты оплачешь измену мою.

Так зачем же, прищурив ресницы,
У глухого болотного пня
Спелой клюквой, как добрую птицу,
Ты с ладони кормила меня?

Слышишь, ветер шумит по сараю?
Слышишь, дочка смеется во сне?
Может, ангелы с нею играют
И под небо уносятся с ней ...

Не грусти на знобящем причале,
Парохода весною не жди!
Лучше выпьем давай на прощанье
За недолгую нежность в груди.

Мы с тобою как разные птицы,
Что ж нам ждать на одном берегу?
Может быть, я смогу возвратиться,
Может быть, никогда не смогу ...

Abschiedslied

Dieses Dorf werd ich einmal verlassen,
wie die Schollen im Fluß treib ich weg,
wenn die Türen in Angeln nachts rasseln,
und die Höfe – die starren vor Dreck!

Mutter schläft, ohne Ruhe zu finden ...
Und in unserem Ort, grau und hart,
weinst du nachts an der Wiege aus Rinde
über meinen begangnen Verrat.

Sag, wozu gabst du mir, ungelogen,
weit da draußen im sumpfigen Land,
rote Beeren, als wär ich ein Vogel?
Und so nahm ich sie dir aus der Hand.

Hörst den Wind, wie er heult um die Scheune?
Hörst du? Lacht nicht die Tochter im Traum?
Vielleicht dichten die Engel ihr Reime
und sie tragen sie fort aus dem Raum ...

Auf dem Steg nur kein trauriges Winken!
Warte nicht auf die Schiffe im März!
Besser ist's, auf den Abschied zu trinken,
auf die Zärtlichkeit, flüchtig ums Herz.

So verschiedener Vögel Gefieder!
Wozu warten am Ufer zu zwein?
Kann ja sein, ich komm irgendwann wieder,
doch vielleicht kehr ich niemals mehr heim.

Ты не знаешь, как ночью по тропам
За спиною, куда ни пойду,
Чей-то злой настигающий топот
Все мне слышится, словно в бреду.

Но однажды я вспомню про клюкву,
Про любовь твою в сером краю —
И пошлю вам чудесную куклу,
Как последнюю сказку свою.

Чтобы девочка, куклу качая,
Никогда не сидела одна.
— Мама, мамочка! Кукла какая!
И мигает, и плачет она ...

Und es folgen mir nächtlich verstohlen
lauernde Schritte, wohin ich auch geh,
die mir hinterrücks Böses tun wollen,
ja, ich weiß es, als hätt ich's gesehn.

Irgendwann dann erinnern mich Beeren
an die Liebe zuhause bei dir –
euch will ich diese Puppe verehren:
allerletztes Märchen von mir.

Daß die Tochter die Puppe dann wiege,
und so bleibe sie nie mehr allein,
„Mama, sieh doch! Die Puppe, die liebe!“
Und sie zwinkert und blinzelt und weint ...

Осеняя песня

Потонула во тьме
Отдаленная пристань.
По канаве помчался -
Эх - осенний поток!
По дороге неслись
Сумасшедшие листья,
И порой раздавался
Милицейский свисток.

Я в ту ночь позабыл
Все хорошие вести,
Все призывы и звоны
Из Кремлевских ворот.
Я в ту ночь полюбил
Все тюремные песни
Все запретные мысли,
Весь гонимый народ.

Ну так что же? Пускай
Рассыпаются листья!
Пусть на город нагрянет
Затаившийся снег!
На тревожной земле
В этом городе мглистом
Я по-прежнему добрый,
Неплохой человек.

Herbstlied

In die Dunkelheit glitt
nun der Schiffssteg hinüber.
Wie ein Wildbach so reißend
schoß das Wasser davon!
Und das wirbelnde Laub
trieb der Wind über Wege
und zuweilen, schrill pfeifend,
die Miliz ihren Ton.

Ich vergaß diese Nacht
alle glückliche Kunde,
alle Rufe und Glocken,
die vom Kreml erscholln.
Meine Liebe, die galt
jetzt den bitteren Liedern,
den verbotnen Gedanken,
wie erst dem, den sie holn!

Doch was soll's? Laß das Laub
sich zerstreun auf der Erde!
Soll der Schnee, der schon lauert,
auf die Stadt niedergehn!
In dem fiebrigen Land
und dem düsteren Nebel
werd ich redlich wie früher,
meinen Mann, denk ich, stehn.

А последние листья
Вдоль по улице гулкой
Все неслись и неслись,
Выбиваясь из сил.
На меня надвигалась
Темнота закоулков,
И архангельский дождик
На меня моросил ...

Und das herbstmüde Laub
sah ich treiben und treiben
durch die hallende Straße,
wie von kräftiger Hand.
Da verlor ich mich bald
in dem Dunkel der Gassen,
und Archangelsker Regen
sprühte staubfein aufs Land ...

Ветер всхлипывал, словно дитя,
За углом потемневшего дома.
На широком дворе, шелестя,
По земле разлеталась солома …

Мы с тобой не играли в любовь,
Мы не знали такого искусства,
Просто мы у поленницы дров
Целовались от странного чувства.

Разве можно расстаться шутя,
Если так одиноко у дома,
Где лишь плачущий ветер-дитя
Да поленница дров и солома.

Если так потемнели холмы,
И скрипят, не смолкая, ворота,
И дыхание близкой зимы
Все слышней с ледяного болота …

WIE EIN KIND SCHLUCHZT DER HERBSTWIND SEIN LEID
hier ums Haus. Mit der Zeit ist's verdüstert.
Auf dem Hof liegt das Stroh weit verstreut,
und es wirbelt und raschelt und flüstert.

Mit der Liebe – da spielten wir nicht,
wir verstanden uns nicht auf die Künste,
doch wir tauschten im schummrigen Licht
hinterm Holzstoß klammheimliche Küsse.

Ist's denn leicht, die Erinnrung zu fliehn,
wenn man hier so verwaist bei dem Haus steht,
bei dem weinenden Kindundwindflehn,
wo das Brennholz sich stapelt und Stroh weht,

wenn der Hügel zu dunkeln anfängt
und die Tore in einem fort knarren
und der Atem des Winters schon drängt
überm Moor, wo die Nebel erstarren! ...

В минуты музыки

В минуты музыки печальной
Я представляю желтый плес,
И голос женщины прощальный,
И шум порывистых берез,

И первый снег под небом серым
Среди погаснувших полей,
И путь без солнца, путь без веры
Гонимых снегом журавлей ...

Давно душа блуждать устала
В былой любви, в былом хмелю,
Давно понять пора настала,
Что слишком призраки люблю.

Но все равно в жилищах зыбких –
Попробуй их останови! –
Перекликаясь, плачут скрипки
О желтом плесе, о любви.

И все равно под небом низким
Я вижу явственно, до слез,
И желтый плес, и голос близкий,
И шум порывистых берез.

Как будто вечен час прощальный,
Как будто время ни при чем ...
В минуты музыки печальной
Не говорите ни о чем.

Moment musical

Wenn Melodien traurig tönen,
stell ich mir gelben Flußsand vor,
die Abschiedsstimme einer Schönen
zum ungestümen Birkenchor,

seh Schnee und Himmel auch, den grauen,
erloschne Felder mittendrin
und Kraniche auf ihrem rauhen
und sonnenlosen Weg entfliehn.

Die Seele ist des Streunens müde,
den Trug von Rausch und Liebe leid,
verflossnes Glück, du liebe Güte:
Gespenster! Laß ich's? Höchste Zeit!

O lockrem Leben zu entsagen,
das klingt so leicht, doch widersteh! –
da weben Geigen ihre Klagen
aus gelbem Sand und Liebesweh.

Und weiter unterm tiefen Himmel
erkenn ich, noch durch Tränenflor,
den gelben Sand, die warme Stimme
zum ungestümen Birkenchor –

als könnte sich die Stunde dehnen
bis Ewigkeit der Abschied wär!
Wenn Melodien traurig tönen,
dann werdet still und sagt nichts mehr.

Душа хранит

Вода недвижнее стекла.
И в глубине ее светло.
И только щука, как стрела
Пронзает водное стекло.

О, вид смиренный и родной!
Березы, избы по буграм
И, отраженный глубиной,
Как сон столетий, божий храм.

О, Русь—великий звездочет!
Как звезд не свергнуть с высоты,
Так век неслышно протечет,
Не тронув этой красоты.

Как будто древний этот вид
Раз навсегда запечатлен
В душе, которая хранит
Всю красоту былых времен ...

Die Seele bewahrt

Das Wasser – reines Glas,
und in der Tiefe ist es licht,
und nur ein Hecht schießt, pfeilgleich fast,
vorbei durchs Glas, das lautlos bricht.

O Bild, demütig und vertraut!
Gehöfte, Birken hügelan,
gespiegelt aus der Tiefe schaut
das Gotteshaus als Traumgestalt.

O Rußland – Sternenzähler du!
Wie man den Stern nicht stürzen kann,
vergeht's Jahrhundert in der Ruh
und rührt nicht deine Schönheit an,

als ob das Bild, das hier verharrt,
geprägt wär für die Ewigkeit
der Seele ein: nur sie bewahrt
die Schönheit aus vergangner Zeit ...

Шумит Катунь

В. Астафьеву

... Как я подолгу слушал этот шум,
Когда во мгле горел закатный пламень!
Лицом к реке садился я на камень
И все глядел, задумчив и угрюм,

Как мимо башен, идолов, гробниц
Катунь неслась широкою лавиной,
И кто-то древней клинописью птиц
Записывал напев ее былинный ...

Катунь, Катунь – свирепая река!
Поет она таинственные мифы
О том, как шли воинственные скифы, –
Они топтали эти берега!

И Чингисхана сумрачная тень
Над целым миром солнце затмевала,
И черный дым летел за перевалы
К стоянкам светлых русских деревень ...

Все поглотил столетий темный зев!
И все в просторе сказочно-огнистом
Бежит Катунь с рыданием и свистом –
Она не может успокоить гнев!

В горах погаснет солнечный июнь,
Заснут во мгле печальные аилы,
Молчат цветы, безмолвствуют могилы,
И только слышно, как шумит Катунь...

Es rauscht der Fluß Katun

Für V. Astaf'ev

... Wie lange lauschte ich in diesen Fluß,
wenn dort im Dämmrungsrot der Himmel flammte!
Auf einem Stein saß ich, zum Strom gewandt,
verfangen in Gedanken und Verdruß

und sah an Türmen sie vorüberziehn,
an Gräbern, Stelen: breite Flußlawine,
und jemand schrieb in Vogelkeilschrift hin
die alten Weisen, Sagen und Bylinen.

Katun, Katun – ein wütendwilder Strom!
Er singt geheimnisvoll die alten Mythen,
davon, wie einstmals kriegerische Skythen
zerstampften diese Ufer voller Zorn,

wie dann der finstre Schatten Tschingis Chans
verdunkelte die Sonne und die Erde;
und schwarzer Rauch flog drohend über Berge,
der bis zu russisch lichten Dörfern drang ...

Das alles sog jahrhundertdunkler Schlund!
Und weiter strömt durch sagenhafte Weiten
der Fluß Katun mit Schluchzen und mit Weinen,
kann nicht bezähmen seine rauhe Wut!

Der Junitag verblaßt auf Bergen und
ein Schlaf befällt die Siedlungen im Dunkeln.
Die Blumen schweigen, Gräber sind versunken –
ich höre nur das Rauschen des Katun ...

До конца

До конца,
До тихого креста
Пусть душа
Останется чиста!

Перед этой
Желтой, захолустной
Стороной березовой
Моей,
Перед жнивой
Пасмурной и грустной
В дни осенних
Горестных дождей,
Перед этим
Строгим сельсоветом,
Перед этим
Стадом у моста,
Перед всем
Старинным белым светом
Я клянусь:
Душа моя чиста.

Пусть она
Останется чиста
До конца,
До смертного креста!

Bis zuletzt

Bis zuletzt,
zum Kreuz, so seis gesetzt,
bleibe mir
die Seele unverletzt!

Ja, vor dieser
abgelegnen gelben
Gegend mit den Birkenwegen,
vor den mürrisch
tristen Stoppelfeldern,
tagelangem
herbstlich grauem Regen
und vor diesem
strengen Dorfgericht,
vor der Herde,
die den Steg hinübersetzt,
und auch vor
dem alten weißen Licht
schwöre ich:
Noch ist die Seele
unverletzt!

Möge sie
mir bleiben unverletzt,
bis zuletzt,
zum Tod, so seis gesetzt!

Поезд

Поезд мчался с грохотом и воем,
Поезд мчался с лязганьем и свистом,
И ему навстречу желтым роем
Понеслись огни в просторе мглистом.
Поезд мчался с полным напряженьем
Мощных сил, уму непостижимых,
Перед самым, может быть, крушеньем
Посреди миров несокрушимых.
Поезд мчался с прежним напряженьем
Где-то в самых дебрях мирозданья,
Перед самым, может быть, крушеньем,
Посреди явлений без названья ...
Вот он, глазом огненным сверкая,
Вылетает... Дай дорогу, пеший!
На разъезде где-то, у сарая,
Подхватил меня, понес меня, как леший!
Вместе с ним и я в просторе мглистом
Уж не смею мыслить о покое, –
Мчусь куда-то с лязганьем и свистом,
Мчусь куда-то с грохотом и воем,
Мчусь куда-то с полным напряженьем
Я, как есть, загадка мирозданья.
Перед самым, может быть, крушеньем
Я кричу кому-то: «До свиданья! ...»
Но довольно! Быстрое движенье
Все смелее в мире год от году,
И какое может быть крушенье,
Если столько в поезде народу?

Der Zug

... raste hin mit Heulen und mit Lärmen,
raste hin mit Rasseln und mit Pfeifen,
ihm entgegen jagten gelbe Schwärme
heller Lichter durch die düstren Weiten,
schoß in höchster Spannung über Weichen
voller Kraft, unfaßbar dem Begreifen,
vor sich, kann schon sein, so manchen Unfall
mitten auf der dauerhaften Erde.
Irgendwo in unbekannter Ferne
raste er noch weiter, höchst erregend,
vor sich, mag wohl sein, noch manchen Unfall
mitten in der namenlosen Gegend ...
Jetzt fliegt er, aus Feueraugen lugend,
ungestüm heran ... zurück da, Leute!
Irgendwo am Ausweichgleis beim Schuppen
sprang ich auf – und los gings wie der Teufel!
Ras jetzt selbst mit ihm durch düstre Weiten,
wag schon keine Ruhe mehr zu fassen –
ras wohin mit Heulen und mit Pfeifen,
ras wohin mit Lärmen und mit Rasseln,
ras wohin, gespannt und ach, verwegen,
bin doch selbst so rätselhaft im Weltall,
rufe wem noch zu: „Auf Wiedersehen! ...“
Vor mir, ist wohl wahr, noch manchen Unfall.
Gut nun! Schnelleres, gewagtes Leben,
jährlich jagt es kühner auf den Gleisen,
und wie kann's denn einen Unfall geben,
wenn so viele in dem Zug mitreisen?

На автотрассе

Какая зловещая трасса!
Какая суровая быль!
Шоферы высокого класса
Газуют сквозь ветер и пыль.

Газуют во мраке таежном
По рытвинам в грозной ночи ...
– Эй! Где тут начальник дорожный?
– Лежит у себя на печи ...

Шоферы уносятся с матом,
Начальству от них не уйти!
Но словно с беспомощным братом
Со мной обошлись по пути.

Я шел, свои ноги калеча,
Глаза свои мучая тьмой ...
– Куда ты?
– В деревню Предтеча.
– Откуда?
– Из Тотьмы самой ...

За мною захлопнулась дверца,
И было всю ночь напролет
Так жутко и радостно сердцу,
Что все мы несемся вперед,

Что все мы почти над кюветом
Несемся куда-то стрелой,
И есть соответствие в этом
С характером жизни самой!

Autobahn

Solch unheilverkündende Trasse!
So ist es, ich mach euch nichts vor!
Die Fahrer von einsamer Klasse,
die brausen uns einfach davon.

Durchs Dunkel, den Teufel im Leibe,
auf grauslichen Straßen im Dunst ...
„Wo mag, hey!, die Straßenwacht bleiben?"
„Zu Haus auf dem Ofen, wo sonst ...".

Sie schimpften mit kräftigen Worten:
„Beamte, die kriegen ihr Fett!"
Doch mir wurde Hilfe geboten,
sie waren gefällig und nett.

Mir schmerzten die Füße vom Gehen,
die Augen vor Dunkelheit blind ...
– Wohin willst?
– Ins Dorf, um die Tochter zu sehen.
– Woher kommst?
– Aus Tot'ma bestimmt ...

Dann saß ich auf einmal im Wagen.
Und Freude war's, ja, eine Lust,
die Nacht hindurch weiter zu jagen,
dem Herzen unheimlich bewußt,

daß hart am dem Graben wir flogen,
ins Niemandsland – sirrender Pfeil,
von Kräften magnetisch gezogen:
des Lebens ureigenster Teil!

Я ЛЮБЛЮ СУДЬБУ СВОЮ,
Я бегу от помрачений!
Суну морду в полынью
И напьюсь,
Как зверь вечерний!
Сколько было здесь чудес,
На земле святой и древней,
Помнит только темный лес!
Он сегодня что-то дремлет.
От заснеженного льда
Я колени поднимаю,
Вижу поле, провода,
Все на свете понимаю!
Вот Есенин –
на ветру!
Блок стоит чуть-чуть в тумане.
Словно лишний на пиру,
Скромно Хлебников шаманит.
Неужели и они -
Просто горестные тени?
И не светят им огни
Новых русских деревенек?
Неужели в свой черед
Надо мною смерть нависнет, –
Голова, как спелый плод,
Отлетит от веток жизни?
Все умрем.
Но есть резон
В том, что ты рожден поэтом.
А другой - жнецом рожден ...
Все уйдем.
Но суть не в этом ...

JA, MEIN SCHICKSAL LIEBE ICH,
komme aus der Nacht gelaufen,
steck's Gesicht ins Eisloch tief,
trinke stark,
wie Tiere saufen!
Wieviel Wunder gabs hier doch
auf der heilig-alten Erde,
nur der Wald sinnt dunkel noch,
und er träumt von jener Ferne.
Auf dem Eis nur leichte Last,
steh ich auf und schaue um mich,
seh das Feld, den Leitungsmast,
alles auf der Welt begreif ich!
Windsbrautgleich –
Jessenin, sieh!
Blok steht dort, ist kaum zu hören.
Chlebnikov, wie überflüssig hier,
will bescheiden uns beschwören.
Sollten sie denn Schatten sein,
nichts als Schatten? Wenn's so wäre!
Lockt sie nicht der Feuerschein
unsrer neuen Dörfer näher?
Sollte sich auch über mir
Tödliches zusammenballen?
Sollte ich, schon reif dafür,
bald vom Baum des Lebens fallen?
Jeder stirbt.
Doch liegt ein Sinn darin,
daß du geboren bist als Dichter,
andere – als Feldbeschicker ...
Ab tritt jeder.
So war's seit jeher ...

Сергей Есенин

Слухи были глупы и резки:
Кто такой, мол, Есенин Серега,
Сам суди: удавился с тоски
Потому, что он пьянствовал много.

Да, недолго глядел он на Русь
Голубыми глазами поэта.
Но была ли кабацкая грусть?
Грусть, конечно, была ... Да не эта!

Версты все потрясенной земли,
Все земные святыни и узы
Словно б нервной системой вошли
В своенравность есенинской музы!

Это муза не прошлого дня.
С ней люблю, негодую и плачу.
Много значит она для меня,
Если сам я хоть что-нибудь значу.

Sergej Jessenin

Das Gerücht war so dumm und beschränkt:
Wer sei der schon, Serega Jessenin:
hätt aus Trauer sich selber erhängt,
weil er fürchterlich trank – na, er soff viel!

Nein, nicht lange sah er auf die Rus
mit den hellblauen Augen des Dichters.
Quälte ihn denn diese Kneipenschwermut?
Schwermut ja ... aber nicht des Gelichters.

Jede Werst, der nervöse Planet,
alles, was ihn auf Erden bewegte,
so als obs durch die Nervenbahn geht,
in Jessenischer Muse sich regte.

Keine Muse vom gestrigen Tag:
Mit ihr lieb, wein, empör ich mich heute.
Sie bedeutet mir vieles, na klar,
wenn ich selber auch etwas bedeute!

У СГНИВШЕЙ ЛЕСНОЙ ИЗБУШКИ,
Меж белых стволов бродя,
Люблю собирать волнушки
На склоне осеннего дня.

Летят журавли высоко
Под куполом светлых небес,
И лодка, шурша осокой,
Плывет по каналу в лес.

И холодно так, и чисто,
И светлый канал волнист,
И с дерева с легким свистом
Слетает прохладный лист,

И словно душа простая
Проносится в мире чудес,
Как птиц одиноких стая
Под куполом светлых небес ...

DIE KATE MIT MORSCHEN WÄNDEN,
wo rauhweiße Birken stehn,
hier will ich nur einfach schlendern
und abends nach Herbstlingen sehn.

Die Kraniche seh ich gleiten
am Himmel, der Kuppel aus Licht,
ein Boot treibt, am Riedgras streifend,
vorbei und entzieht sich der Sicht.

Das Wasser kaltklar und sauber,
strömt kräuselnd den Flußarm hinab,
vom Astwerk mit leisem Schaudern
fällt herbstkühl und zögernd ein Blatt.

O, daß eine treue Seele
die Welt voll von Wundern durchmißt!
So wie diese Schar von Vögeln
am Himmel, der Kuppel aus Licht ...

Ласточка

Ласточка носится с криком.
Выпал птенец из гнезда.
Дети окрестные мигом
Все прибежали сюда.

Взял я осколок металла,
Вырыл могилку птенцу,
Ласточка рядом летала,
Словно не веря концу.

Долго носилась, рыдая,
Под мезонином своим ...
Ласточка! Что ж ты, родная
Плохо смотрела за ним?

Die Schwalbe

Schrei einer Schwalbe im Fliegen! –
tief fiel ihr Junges vom Nest,
Kinder, die sahen's dort liegen,
Leid, das sie hinlaufen läßt!

Einen Metallsplitter fand ich,
scharrte dem Nestling ein Grab,
sie aber schwirrte in Panik
hoch und voll Hoffnung herab.

Lange noch rufend und klagend
strich sie ums Nest unterm Dach,
wie nur und wohin dich wagend
sahst du nicht fürsorglich nach?

Хлеб

Положил в котомку
 сыр, печенье,
Положил для роскоши миндаль.
Хлеб не взял.
– Ведь это же мученье
Волочиться с ним в такую даль! –
Все же бабка
 сунула краюху!
Все на свете зная наперед,
Так сказала:
– Слушайся старуху!
Хлеб, родимый, сам себя несет ...

Brot

In den Quersack kamen
Kekse, Käse
und zum Naschen auch noch Mandeln rein,
Brot, ach nein!
Das schlepp ich, bis ich's esse,
besser brotlos in die Welt hinein!
Doch ein Laibchen
hat mir da die Alte,
eine Seherin! hineingesteckt,
„weil sich", sprach sie,
„– was du hörst, behalte:
Brot, mein Lieber, ganz von selber trägt!"

Неизвестный

Он шел против снега во мраке,
Бездомный, голодный, больной.
Он после стучался в бараки
В какой-то деревне лесной.

Его не пустили. Тупая
Какая-то бабка в упор
Сказала, к нему подступая:
– Бродяга. Наверное, вор ...

Он шел. Но угрюмо и грозно
Белели снега впереди!
Он вышел на берег морозной,
Безжизненной страшной реки!

Он вздрогнул, очнулся и снова
Забился, качнулся вперед ...
Он умер без крика, без слова,
Он знал, что в дороге умрет.

Он умер, снегами отпетый ...
А люди вели разговор
Все тот же, узнавши об этом:
– Бродяга. Наверное, вор.

Ein Fremder

Durchs Schneetreiben zog er im Dunkeln,
kein Obdach, war hungrig und krank,
er fand noch den Mut, daß er pochte
ans Tor einer Kate im Wald.

Man ließ ihn nicht ein. Nur die Alte,
die tumbe, trat barsch auf ihn zu
und keifte, wofür sie ihn halte:
„Du Landstreicher! Strauchdieb bist du ..."

Er ging. Doch wie griesgrämig drohend
zerstöberte Schnee ihm voran.
Er kam bis ans Ufer des Stromes,
der eisig und leblos gerann.

Er zuckte zusammen, erwachte
und taumelte weiter hinweg ...
Er starb ohne Schrei, ohne Worte,
er wußte, er stirbt unterwegs.

Er starb. Und der Schnee gab dem Toten
das Sterbegeleit. Doch wer's war,
das wußte das Volk zu betonen:
„ein Landstreicher! Strauchdieb, na klar!"

Зимним вечерком

Ветер, не ветер –
Иду из дома!
В хлеву знакомо
Шуршит солома,
И огонек светит ...

А больше –
                    ни звука!
Ни огонечка!
Во мраке вьюга
Летит по кочкам ...

Эх, Русь, Россия,
Что звону мало?
Что загрустила?
Что задремала?

Давай пожелаем
Всем доброй ночи!
Давай погуляем!
Давай похохочем!

И праздник устроим,
И карты раскроем ...
Эх! Козыри свежи.
А дураки те же.

Abends, winterlich

Bei Wind und Wetter –
verlaß ich das Haus!
Im Stall nur raschelndes Stroh
hör ich heraus.
Und Lichterschein seh ich ...

Doch weiter –
kein Ton hier!
Kein Licht brennt mehr!
Im Dunkeln der Schneesturm:
über holprige Wege prescht er ...

Ach Rus, ach Rußland,
du liegst in Kummer?
Die Glocken stille?
Du fielst in Schlummer?

So komm, daß wir jedem
den Nachgruß erteilen!
So komm, laß uns gehen!
Laß lachend uns weilen!

Wolln feiern und wagen,
die Karten zu schlagen ...
Die Trümpfe sind neue.
Den Schafsköpfen – fehlt Schläue.

Зимняя песня

В этой деревне огни не погашены.
Ты мне тоску не пророчь!
Светлыми звездами нежно украшена
Тихая зимняя ночь.

Светятся, тихие, светятся, чудные,
Слышится шум полыньи...
Были пути мои трудные, трудные.
Где ж вы, печали мои?

Скромная девушка мне улыбается,
Сам я улыбчив и рад!
Трудное, трудное— все забывается,
Светлые звезды горят!

Кто мне сказал, что во мгле заметеленной
Глохнет покинутый луг?
Кто мне сказал, что надежды потеряны?
Кто это выдумал, друг?

В этой деревне огни не погашены.
Ты мне тоску не пророчь!
Светлыми звездами нежно украшена
Тихая зимняя ночь ...

Winterlied

Lichter verlöschen in diesem Dorf nimmermehr.
Daß du mir Schwermut nicht machst!
Liebevoll schmückt ja das gleißende Sternenmeer
winterlich leise die Nacht.

Leuchten noch stiller und leuchten noch prächtiger,
hör nur, wie's Eis bricht im Fluß ...
Schwer, ja so schwer liegt Vergangnes weit hinter mir.
Sorgen, wohin seid ihr bloß?

Einfaches Mädchen, es lächelt mir schüchtern zu,
mir ist auch heiter zumut!
Was auf der Seele lag – jetzt gibt es endlich Ruh,
schimmern doch Sterne voll Glut!

Wer hat gesagt, daß verlassen und schneeverweht,
stürbe die Wiese bei Nacht?
Wer hat gesagt, daß die Hoffnung ins Nichts vergeht?
Wer, Freund, hat sich's ausgedacht?

Lichter verlöschen in diesem Dorf nimmermehr.
Daß du mir Schwermut nicht machst!
Liebevoll schmückt ja das gleißende Sternenmeer
winterlich leise die Nacht ...

»ЧУДНЫЙ МЕСЯЦ ПЛЫВЕТ НАД РЕКОЮ«, –
Где-то голос поет молодой.
И над родиной, полной покоя,
Опускается сон золотой!

Не пугают разбойные лица,
И не мыслят пожары зажечь,
Не кричит сумасшедшая птица,
Не звучит незнакомая речь.

Неспокойные тени умерших
Не встают, не подходят ко мне.
И, тоскуя все меньше и меньше,
Словно бог я хожу в тишине.

И откуда берется такое,
Что на ветках мерцает роса,
И над родиной, полной покоя,
Так светлы по ночам небеса!

Словно слышится пение хора,
Словно скачут на тройках гонцы,
И в глуши задремавшего бора
Все звенят и звенят бубенцы ...

»Wunderschön treibt der Mond auf den Wellen«,
singt die Stimme von weither im Raum.
Auf die Heimat in nächtlicher Helle
senkt sich zu uns ein goldener Traum!

Die Gesichte erschrecken uns nicht mehr,
keine Räuber entzünden den Brand,
und der Vogel gibt Ruhe im Dickicht,
nein, da tönt nichts, was mir nicht bekannt.

Und die Toten, die unruhigen Schatten
aus den Gräbern berühren mich nicht,
alle Trauer weit hinter mir lassend,
in die Stille, wie Gott, gehe ich.

Es erscheint mir jetzt fast wie ein Wunder:
auf den Zweigen erschimmert der Tau,
solche Ruhe liegt über der Heimat
und der nächtliche Himmel – fast blau.

Wie der ferne Gesang eines Chores
schwebt der Klang einer Troika hierher
aus der Tiefe des schlummernden Forstes
von den Glöckchen am Pferdegeschirr ...

Январское

Мороз под звездочками светлыми
По лугу белому, по лесу ли
Идет, поигрывая ветками,
Снежком поскрипывая весело.
И все под елками похаживает,
И все за елками ухаживает, –
Снежком атласным принаряживает!
И в новогодний путь - проваживает!
А после сам принаряжается,
В мальчишку вдруг преображается
И сам на праздник отправляется:
– Кому невесело гуляется? –
Лесами темными и грозными
Бежит вперед с дарами редкими,
И все подмигивает звездами,
И все поигрывает ветками,
И льдинки отвечают звонами,
А он спешит, спешит к народу
С шампанским, с музыкой, с поклонами
Спокойно прожитому году;
Со всеми дружит он и знается,
И жизнь в короткой этой праздности
Как будто снова начинается –
С морозной свежести и ясности!

Jahreswende

Im Licht der Sterne streift der Frost
durch Wald und die weißen Wiesen,
indem er lustvoll den Schnee knirschen läßt
und tändelnd die Zweige liebkost.
Und schlendernd, daß er die Tannen bestrickt,
macht er den Schönen den Hof,
worauf er sie mit Atlasschnee schmückt
und prompt auf den Neujahrsweg schickt!
Dann wirft er sich selber in Schale,
wird plötzlich zum jungen Mann
und läuft verwandelt zum nächtlichen Fest –
wen käm da nicht Feierlust an?
Er läuft durch bedrohliche Wälder
mit seltenen Gaben bestückt
und flirtet erneut mit den Zweigen,
und zwinkert den Sternen zurück.
Und Eisstückchen antworten klirrend,
doch eilt er zum Volk hin – na klar:
mit Sekt, mit Musik und mit Prosit
fürs ruhig verflossene Jahr!
Dort ist er gut Freund und mit allen bekannt,
und das Leben beginnt in Wahrheit
voll Überschwang wie von neuer Hand –
mit frostiger Frische und Klarheit.

Мы сваливать
не вправе
Вину свою на жизнь.
Кто едет,
тот и правит,
Поехал, так держись!
Я повода оставил.
Смотрю другим вослед.
Сам ехал бы
и правил,
Да мне дороги нет …

NICHT DÜRFEN WIR
dem Leben
zuschieben unsre Schuld.
Wer fährt, der
muß auch lenken,
tust du es, nun halt aus!
Die Zügel ließ ich sinken,
den andern schau ich nach,
würd selber fahrn
und lenken,
doch steh ich ganz im Schach ...

Дорожная Элегия

Дорога, дорога,
Разлука, разлука.
Знакома до срока
Дорожная мука.

И отчее племя,
И близкие души,
И лучшее время
Все дальше, все глуше.

Лесная сорока
Одна мне подруга,
Дорога, дорога,
Разлука, разлука.

Устало в пыли
Я влачусь, как острожник,
Темнеет вдали,
Приуныл подорожник.

И страшно немного
Без света, без друга,
Дорога, дорога,
Разлука, разлука ...

Landstraßenelegie

Nichts als die Straße,
die trennende Schneide,
in qualvollem Maße
weiß ich um beide.

In Ferne verschwimmen
und entgleiten
die Väter, die Stimmen,
die besseren Zeiten.

Nur ein Vogel bekundet
mir noch Sympathie,
die Straße, sie stundet
den Abschied nie.

Weiter in schleppendem Lauf,
gefangen, müde, verdreckt,
ferne zieht Dunkel auf,
Wegerich trauert versteckt.

Einsamkeit, in der ich bange,
was das Dunkel verheißt,
nichts als die Straße, die lange
Schneide, die alles zerreißt ...

Что вспомню я?

Все движется к темному устью.
Когда я очнусь на краю,
Наверное, с резкою грустью
Я родину вспомню свою.

Что вспомню я? Черные бани
По склонам крутых берегов,
Как пели обозные сани
В безмолвии лунных снегов.

Как тихо суслоны пшеницы
В полях покидала заря,
И грустные, грустные птицы
Кричали в конце сентября.

И нехотя так на суслоны
Садились, клевали зерно,—
Что зерна? Усталым и сонным,
Им было уже все равно.

Я помню, как с дальнего моря
Матроса примчал грузовик,
Как в бане повесился с горя
Какой-то пропащий мужик.

Как звонко, терзая гармошку,
Гуляли под топот и свист,
Какую чудесную брошку
На кепке носил гармонист...

Woran werde ich mich erinnern?

Es mündet doch alles ins Dunkel,
erwach ich noch einmal am Rand,
vielleicht treibt mir schneidende Trauer
Erinnrung herauf an mein Land.

Was fällt mir dann ein? Steile Ufer
mit schwarzen Hütten am Hang
und jagende Schlitten – die sangen
den mondhellen Schneeweg entlang.

Wie reglos die Garben dort standen,
verlassen vom himmlischen Rot,
und traurig- o traurige Vögel
beklagten verwaist ihre Not.

Wie lustlos sie dann auf die Puppen
sich setzten, paar Körner als Mahl –
was Körner! Erschöpft und so schläfrig,
war ihnen auch das ganz egal.

Ich seh noch den ratternden Wagen
samt Seemann drauf, weither vom Meer,
und auch den Erhangten im Häuschen,
er trug wohl am Kummer zu schwer.

Wie schräg die Harmonika tönte,
das Trampeln war scheint's nicht genug,
welch außergewöhnliches Brosche
der Spieler am Mützenrand trug!

А сколько там было щемящих
Всех радостей, болей, чудес,
Лишь помнят зеленые чащи
Да темный еловый лес!

O Ausmaß der schmerzenden Freuden
und Leiden und Wunder der Welt!
Wieviel? Nur das Dickicht kann's wissen,
die Tanne auch. Ob sie's erzählt?

Я УМРУ В КРЕЩЕНСКИЕ МОРОЗЫ.
Я умру, когда трещат березы.
А весною ужас будет полный:
На погост речные хлынут волны!
Из моей затопленной могилы
Гроб всплывет, забытый и унылый,
Разобьется с треском,
                                        и в потемки
Уплывут ужасные обломки.
Сам не знаю, что это такое …
Я не верю вечности покоя!

WERDE STERBEN, WENN DER FROST AM STÄRKSTEN,
wenn die Birken von der Kälte bersten.
Und im Frühjahr wird es mächtig schlimm sein:
Auf den Friedhof bricht mit Macht der Fluß ein.
Und aus meinem überschwemmten Grabe
ragt der Sarg vergessen, ist doch schade,
birst mit starkem Krachen,
und ins Dämmer
schwimmen fort die grauenvollen Trümmer.
Weiß ja selbst nicht, wozu diese Truhe:
glaub ich doch nicht an die Totenruhe!

Давай, земля,
Немножко отдохнем
От важных дел,
От шумных путешествий!
Трава звенит!
Волна лениво плещет,
Зенит пылает
Солнечным огнем!

Там, за морями,
Полными задора,
Земля моя,
Я был нетерпелив, –
И после дива
Нашего простора
Я повидал
Немало разных див!

Но все равно,
Как самый лучший жребий,
Я твой покой
Любил издалека,
И счастлив тем,
Что в чистом этом небе
Идут, идут,
Как мысли, облака …

KOMM, ERDE,
daß ich an dein Herz mich lege
nach all den lauten Reisen
und der Pflicht!
Es singt das Gras!
Die Welle plätschert träge,
und der Zenit
lodert von Sonnenlicht!

Jenseits der Meere
voll Mutwilligkeiten
war ich oft ungeduldig,
du mein Land, -
und nach dem großen Wunder
unserer Weiten
hab ich manch andres Wunder
noch erkannt.

Und dennoch war ich
all in dem Gewimmel
sehnsüchtig
deiner Stille noch ergeben,
und ich bin glücklich,
daß an deinem Himmel
die Wolken wie Gedanken
ziehn und schweben ...

И я клянусь
Любою клятвой мира,
Что буду славить
Эти небеса,
Когда моя
Медлительная лира
Легко свои поднимет паруса!

Вокруг любви моей
Непобедимой
К моим лугам,
Где травы я косил,
Вся жизнь моя
Вращается незримо,
Как ты, земля,
Вокруг своей оси …

Und jeden Eid
will ich in Worte fassen:
Ich preis den Himmel hier
zu jeder Frist,
wenn meine Leier
ruhig und gelassen
und so auch schwebend
ihre Segel hißt.

So kommts,
daß sich mein ganzes Leben drehte
um jene Bindung,
die man Liebe heißt,
zu meinen Wiesen,
wo das Gras ich mähte,
wie, ERDE,
du um deine Achse kreist ...

Ein Leben in Gedichten

Zur Poesie Nikolaj Rubcovs (1936–1971)

Die Autobiographie eines Dichters, das sind seine Gedichte.
Alles übrige sind nur Anmerkungen ...
(Evgenij Evtušenko: Volčij pasport - Der Wolfspaß)

Sagt, wißt ihr / dies über die Schneestürme: / Wer kann sie zum Heulen bringen? / Wer kann sie aufhalten, / wenn man Ruhe haben möchte? / [...] */ So ist auch die Poesie, sie / klingt und ist nicht aufzuhalten!* [...] [1]

Die zitierten Zeilen entstammen dem Gedicht *Стихи* (Verse) des russischen Lyrikers Nikolaj Rubcov. Eindringlicher als theoretisch-poetologische Äußerungen dies tun könnten – die es von Rubcov übrigens kaum gibt –, berühren die Verse das wechselseitige Verhältnis von Dichtung und Leben. Von einem Autor, der die Poesie mit Elementargewalten vergleicht, der weiß, daß – wie es wenige Zeilen

---

[1] Zitiert nach: Johann Meichel: Auf der Suche nach einer Alternative – sowjetische Poesie der Gegenwart im Spannungsfeld sozioökonomischer und kulturpolitischer Tendenzen, Mainz 1988 (Mainzer Slavistische Veröffentlichungen. Slavica Moguntiaca; 12), S. 182f. Die Studie enthält auszugsweise mehrere Interlinearübersetzungen von Gedichten Rubcovs. Eine Nachdichtung des Gedichts „Stichi" von Günther Deicke liegt vor in: Sowjetliteratur 29 (1977), S. 148.
Für eine deutschsprachige Einführung in die Lyrik Rubcovs ist der Artikel von Rainer Goldt geeignet: „Rubcov, Nikolaj Michajlovič", in: Kindlers Neues Literaturlexikon Bd. 22 (Supplement L-Z), München 1998, S. 393-395. Die neueste russischsprachige Biographie über Rubcov stammt von Nikolaj Konjaev: Nikolaj Rubcov, Moskva 2001 (Zizn' zamecatel'nych ljudej : serija biografij; 797).

weiter heißt – *Gedichte uns aus dem Haus treiben*, und der resümiert, die Poesie hänge nicht *von uns ab, / sondern wir von ihr* – wer also der Dichtung eine solche beherrschende Macht über das Leben einräumt, von dem sollten wir erwarten, daß seine Gedichte keine lebensfernen Konstrukte darstellen, sondern zu Äußerungen des Lebens werden, ja mehr noch: zu gleichsam lebensnotwendigen Bekundungen des Schreibenden.

Und in der Tat: Wie wohl nur bei wenigen Dichtern spielt die Kenntnis von Rubcovs Leben für das Verständnis vieler seiner Gedichte eine nicht zu unterschätzende Rolle. Wir sind spätestens seit Margarete Susman, die diesen Begriff prägte[2], gewohnt, das sogenannte lyrische Ich als den dichterischen Entwurf einer idealen, fiktiven Ich-Identität von der Person und der Biographie des Autors zu trennen. Doch bei Rubcov scheint eine derartige Unterscheidung nicht immer in ihrer Rigorosität zu greifen. Zu stark sind eigenes Leben und Erleben, sind biographische Erinnerungen in die Dichtung verwoben. Um Mißverständnisse zu vermeiden: Auch Rubcovs Lyrik wahrt die ästhetische Distanz – anders wäre sie keine Dichtung –, zeigt aber in Sprache und Stil eine Unmittelbarkeit, in der der Schweizer Slawist Lorenzo Amberg „die Verletzlichkeit eines sich – oft elegisch und melancholisch, nie aber sentimental – stets von neuem offenbarenden Ichs“[3] erkannte, eine Unmittelbarkeit, die schon beim ersten Lesen oder Zuhören der Gedichte überrascht und betroffen macht.

---

[2] Margarete Susman: Das Wesen der modernen deutschen Lyrik, Stuttgart 1910.

[3] Lorenzo Amberg: „Ja slyšu pečal'nye zvuki, kotorych ne slyšit nikto...“ – ein Hinweis auf N.M. Rubcov, in: Schweizerische Beiträge zum X. Internationalen Slavistenkongress in Sofia, September 1988, hrsg. von Peter Brang, Bern [u.a.] 1988 (Slavica Helvetica; 28), S. 7-25, Zitat S. 13.

Das „Ich“, das sich in Rubcovs Gedichten offenbart, ist – wenn auch auf einer stilisierten und künstlerisch gehobenen Ebene – dem „Ich“ des Autors wesensverwandt, ja man möchte in vielen Fällen sogar sagen: mit ihm identisch. Es schlüpft nur selten in verkleidete Rollen, verstellt sich nicht, sondern scheint nur zu oft mit der unverstellten Stimme des Autors zu sprechen.

Nikolaj Michajlovič Rubcov wurde am 3. Januar 1936 in dem im Archangel'sker Gebiet gelegenen nordrussischen Dorf Emeck geboren. Früh verwaist – die Mutter starb 1942 an einer Krankheit, der Vater heiratete nach dem Zweiten Weltkrieg erneut und kümmerte sich nicht weiter um seinen Sohn – kam der Siebenjährige in ein Waisenhaus des Dorfs Nikol'skoje im Gebiet Vologda. Der Verlust der Eltern, vor allem der Mutter, und die entlegene Vologdaer Landschaft werden später zu häufig wiederkehrenden Motiven seiner Lyrik. 1950 begann Rubcov – nachdem eine Bewerbung an der Seefahrtsfachschule wegen seines kleinen Wuchses fehlschlug – eine Ausbildung am Forsttechnikum in Tot'ma. Zwei Jahre darauf, mit 16 Jahren, brach er die Lehre ab, begab sich auf ausgedehnte Wanderungen durch das Land, um seinen verschollenen Vater zu suchen, mit dem auch ein Treffen stattfand ohne daß sich bleibende Kontakte ergaben. Rubcov wechselte mehrmals den Arbeitsplatz. 1952 fuhr er nach Archangel'sk und wurde Helfer des Heizers auf einem Fischfangschiff, später Arbeiter in Leningrad. 1955 wurde er zu einem vierjährigen Militärdienst einberufen, den er bei der Marine, der Nordmeerflotte, ableistete. Zu dieser Zeit erschienen seine ersten, vielfach noch unausgereiften Gedichte in einer regionalen Militärzeitung. Auch nach der Armeezeit – Rubcov arbeitete damals als Schlosser im Leningrader Kirov-Werk – veröffentlichte er weiter Gedichte in Werkblättern. In seinen

Themen spiegelten sich die Erfahrungen und Erlebnisse, die er in der Militär- und in der Arbeitswelt der Großstadt gesammelt hatte.

Einen ersten größeren Erfolg erlangte Rubcov 1962 mit einer öffentlichen Lesung im Leningrader Literaturhaus. Noch im selben Jahr nahm ihn das Moskauer Literaturinstitut, dem er eine Lyrikauswahl – die selbstverlegte Sammlung *Волны и скалы* (*Volny i skaly* – Wellen und Klippen) eingereicht hatte, zum Studium auf. Allerdings wurde er schon zwei Jahre darauf aufgrund mangelnder Disziplin und wegen seines eigenwilligen Charakters[4] aus dem Institut ausgeschlossen. Bereits ein Jahr zuvor war er aufgefallen, als er einen Parteiredner mit der Forderung nach Revision des Literaturkanons unterbrach: Rubcov vermißte die Aufnahme Esenins in den Kanon.

Der Ausschluß aus dem Institut bedeutete für ihn zugleich den Verlust des Stipendiums und damit seines Lebensunterhalts. Er erhielt jedoch die Möglichkeit, sein Studium als Fernstudent weiterzubetreiben, so daß er es 1969 – bereits als bekannter und geachteter Lyriker – doch noch abschließen konnte.

Bei einer Lesung im Jahr 1964 hörte ihn zum ersten Mal der bekannte Literaturkritiker Feliks Kuznecov – heute Direktor des Moskauer Gorki-Instituts für Weltliteratur an der Russischen Akademie der Wissenschaften, der zum

[4] Vgl. dazu eine Äußerung von Vladimir Stepanov, zitiert bei Richard Freedman: Nikolay Rubtsov: his life and lyricism, in: The Slavonik and East European review 65 (1987), S. 350-370, s. S. 357: „Right to the present day one still hears it said that Rubtsov ... was uneven and contradictory in his relationsships, even with friends. One moment he would seem to be a gentle and understanding friend, the next moment an unsociable, morose and irreconciable moaner. At once happy and sad, either energetic and impulsive or profoundly tired and indifferent ...“

Freund und frühen Förderer Rubcovs wurde. Rund 30 Jahre später erinnerte er sich an diese Lesung:

„Seit jener Zeit vergingen mehr als dreißig Jahre.

Vadim Kožinov[5] – er traf mich irgendwann im Winter 1964 im ZDL [Zentralnij Dom Literatorov] – lud mich ins „achte Zimmer“ ein, einen kleinen Saal im ersten Stock des Gebäudes in der Vorovskij-Straße (heute Povarskaja-Straße) – zu einem Abend junger Dichter, den er leitete.

Als dritter oder vierter trat ein ehemaliger Student des Literaturinstituts auf (genauso stellte Kožinov ihn vor), ein gewisser, zu dieser Zeit niemandem bekannter Nikolaj Rubcov. Mittelgroß, schmächtig, in einem billigen, abgetragenen Anzug, las er, indem er sich selbst mit der Hand den Rhythmus schlug:

В горнице моей светло, Это от ночной звезды. Матушка возьмет ведро, Молча принесет воды …	In die Stube fällt der Schein eines Sterns und hält mich wach, Mutter kommt noch leis herein, füllt den Wassereimer nach ...
Красные цветы мои В садике завяли все, Лодка на речной мели Скоро догниет совсем ...	Meine Blumen waren rot, alle sind sie mir verblüht, auf der Sandbank unser Boot modert, morsch und altersmüd ...

---

[5] Vadim Kožinov: sowjetischer Literaturwisschenschaftler, einer der ersten Förderer und literarischen Freunde Rubcovs, der auch die erste umfassende Biographie über ihn verfaßte: Vadim Kožinov: Nikolaj Rubcov – Zametki o žizni i tvorčestve poèta, Moskau 1976.

Der o-intonierte[6] Tonfall der zurückhaltend melodischen Sprache des jungen Dichters erinnerte mich sofort an meinen Vologdaer oder genauer: Tot'maer Heimatort. Es ist nämlich so, daß der russische Norden eine Fülle von Dialekten kennt, die sich bis heute erhalten haben. Außer den allgemeinen Merkmalen, für die die melodische, o-intonierte Aussprache der Vologdaer, Archangel'sker, Vjatkaer und anderer Dialekte charakteristisch sind, besitzt nicht nur jedes Gebiet, sondern sogar jeder Bezirk seinen eigenen, nur für ihn eigentümlichen mündlichen Akzent, der sich vom nachbarlichen durch mehr oder weniger stark geöffnete Vokale unterscheidet, den Wechsel der Buchstaben *Ц* [C] und *Ч* [Č], den ausgeprägten Tonfall u.a. Die Jahre des Aufenthalts im in sprachlicher Hinsicht unpersönlichen, „a-intonierten" Moskau raubten mir nicht die Möglichkeit, der Aussprache nach den Landsmann zu erkennen.

– Woher stammst du? Aus welchem Ort? – fragte ich den jungen Autor während der Pause, als er zum Rauchen auf den Flur ging.

– Aus Vologda! – erwiderte herausfordernd mein Gesprächspartner.

– Direkt aus Vologda oder aus der Umgebung? ...

– Wozu willst du das wissen? Du kennst es doch sowieso nicht!

– Vielleicht kenne ich es doch! ...

– Nun, ich bin aus Tot'ma. Sagt dir das etwas?

– Schon, weil ich nämlich auch aus Tot'ma bin.

---

[6] Im Russischen wird üblicherweise ein unbetontes „o" wie ein reduziertes „a" ausgesprochen. In manchen Dialekten des russischen Nordens bleibt in der Aussprache das „o" jedoch erhalten. Das diese dialektale Besonderheit bezeichnende russische Verb окать (okat') wird oben durch die Umschreibung „o-intoniert" wiedergegeben.

– Kuznecov? Feliks?!

So fand unsere Bekanntschaft statt.“[7]

Kuznecov verschaffte Rubcov Publikationsmöglichkeiten in den angesehenen Literaturzeitschriften Junost' und Oktjabr' und blieb ihm bis zuletzt freundschaftlich verbunden.

Seit 1964 wurden Rubcovs Gedichte häufig veröffentlicht, im Rundfunk gesendet und fanden Anerkennung bei der Kritik. 1965 erschien seine erste eigenständige Verlagspublikation, der Lyrikband *Лирика* (Lirika). Der Dichter, der in jenen Jahren keine dauerhafte Wohnung erhielt, reiste durch Rußland und hielt sich bevorzugt in Vologda auf, auf dem Land, wohin auch einige seiner schriftstellerischen Freunde, wie Vasilij Belov und Viktor Astaf'ev, gezogen waren, bedeutende Vertreter der neuen russischen Dorfprosa. Die Thematik des Dorfs bzw. des ländlichen Lebens prägten von nun an auch zunehmend die Lyrik Rubcovs. Gerade in der folgenden fruchtbaren Schaffenszeit spielten Erlebnisse auf dem Land und in der Natur sowie Wanderungen durch die nordrussische Landschaft eine zentrale Rolle. In rascher Folge erscheinen die ausgereiften Gedichtbände *Звезда полей* (Zvezda polej – Stern der Felder, 1967), *Душа хранит* (Duša chranit – Die Seele bewahrt, 1969), *Сосен шум* (Sosen šum – Das Rauschen der Kiefern, 1970), *Зеленые цветы* (Zelenye cvety – Grüne Blumen, posthum 1971).

Am 19. Januar 1971 fand das Leben des zu frühem Ruhm gekommenen Dichters ein gewaltsames Ende. Im

---

[7] Feliks Kuznecov: „...O sud'be posedevšej rusi“ – Iz vospominanij o Nikolae Rubcove, in: derselbe: Na perelome – Iz istorii literatury 1960-1970-ch godov, Moskau 1998, S. 240-259, Zitat S. 240f. (Übers. R.D.)

Streit tötete ihn eine Konkurrentin[8] seiner langjährigen Lebensgefährtin Genrietta Men'šikova.[9] *Я умру в крещенские морозы* – „Werde sterben, wenn der Frost am stärksten“, beginnt eines seiner letzten Gedichte. Der Dichter, der schon zuvor den eigenen Tod in einer Welt, in der er nicht „*daheim*“ war (*Да, умру я* – Da, umru ja = Ja, ich werde sterben), zu seinem Thema gemacht hatte, sollte recht behalten.

Die Zeit, in der Rubcov seine Gedichte schrieb und publizierte, war in der sowjetischen Lyrikdiskussion bestimmt von der Auseinandersetzung zwischen der „gromkaja“ oder „ėstradnaja lirika“, der „lauten“ oder „unterhaltenden, populären“ Lyrik (unterhaltend im Sinne publikumswirksamer Kleinkunst) auf der einen Seite und der „tichaja lirika“, der „stillen Lyrik“ auf der anderen. Orientierte sich die „gromkaja lirika“ vornehmlich an den aktuellen politischen Themen, an den Innovationen der Technik und des industriellen Aufbaus, so wandte sich die „tichaja lirika“ stärker der allgemeingültigen Thematik Natur, Mensch, Ethik und Geschichte zu, den philosophischen Themen und Fragestellungen der menschlichen Existenz. Bewegten sich die „gromkie poėty“ auf der Ebene formaler Neuerungen, wie sie seit Majakovskij in der Lyrik auftraten („Treppenzeilen“, kühne Metaphorik, Hyperbolik), so bevorzugten die „tichie poėty“ die klassischen Versmaße und Reimstrukturen sowie bildhafte Liedformen. Trugen die „lauten Lyriker“ ihre

---

[8] Vgl. ihre Erinnerungen: Ljudmila A. Derbina: Vse vescalo nam groznuju dramu ...: vospominanija o Nikolae Rubcove, Vel'sk, 2001.

[9] Vgl. die Erinnerungen der Tochter Rubcovs: Elena Rubcova: Ne takoj, kak vse, in: Nikolaj Rubcov: Zvezda polej: sobranie socinenij v 1 t., Moskva 1999, S. 563-568. Außerdem: V. Korotaev: Kozyrnaja dama (počti dokumentalnaja povest' s epilogom o tom, kak ubili poėta Rubcova), Vologda 1991 sowie G. Krasnikov: Rokovaja zacepka za žizn' ili v poiskach utračennogo neba. Moskau 2002.

Texte gern in großen Sälen vor, indem sie aus ihren Lesungen regelrechte „Aufführungen“ machten[10], so lasen die „stillen Lyriker“ ihre Gedichte im kleinen Kreis.

Es ist in der sowjetisch-russischen Literaturwissenschaft umstritten, ob Rubcov als Vertreter der „tichaja lirika“ gelten kann. Sein erster Biograph Vadim Kožinov stellte dies eher in Abrede, da Rubcovs Lyrik ebenso von Aggressivität und Aufschrei gekennzeichnet sei wie von Stille[11]. Dennoch ist das Urteil Lorenzo Ambergs nicht von der Hand zu weisen, daß Rubcov, der sich selber nie an literaturtheoretischen Diskussionen beteiligt hat, der „tichaja lirika“ thematisch und wesensmäßig am nächsten steht[12], zumal sein Gedicht *Тихая моя родина* (Tichaja moja rodina – Meine stille Heimat) programmtischen Charakter bekam und möglicherweise sogar die Bezeichnung „tichaja lirika“ prägen half[13]: *Stilles, mein stilles Heimatland! / Nachtigalln, Weiden, der Strom ... / Dort, wo die Mutter ihr Grab früh fand, / zu meiner Kinderzeit schon ...*

Daß beide Richtungen russisch-sowjetischer Poesie einander nicht zwangsläufig ausschließen mußten, zeigt schon die Tatsache, daß Evgenij Evtušenko, einer der bekanntesten Vertreter der „ėstradnaja lirika“, seinem „stilleren“ Kol-

---

[10] Bezeichnend hierfür ist eine Äußerung von Godehard Schramm über die Lesungen Evgenij Evtušenkos: „Noch in Bonn und Frankfurt hatte ich mich gewundert, daß Schenja [Kurzform von Evgenij] seine Lesung als ‚Konzert‘ bezeichnet – in der Tat: er liest eben nicht vor – er trägt vor, zieht alle russischen Betonungsregister, so daß alles klingt; auch seine ‚intime Lyrik‘ ist nicht leises für sich Sprechen, sondern lautvolles Ansprechen.“ (Godehard Schramm: Mein Freund Schenja – Porträt, mit Übersetzerlust, in: Evgenij Evtušenko: Herzstreik. Gedichte, Ausw., Nachdichtung aus dem Russ. und Nachwort von Godehard Schramm, Wien 1996, S. 120.)

[11] Vgl. dazu: L. Amberg (wie Anm. 3), S. 9, Anm. 4.

[12] L. Amberg (wie Anm. 3), S. 9.

[13] Nachweise dafür bei Meichel (wie Anm. 1), S. 37.

legen Rubcov nach dessen Tod einen durchaus anerkennenden Artikel widmete[14].

Wiederkehrende Themen der Lyrik Rubcovs sind das Verhältnis von Dorf und Stadt und die Auseinandersetzung des lyrischen Subjekts mit der Vergangenheit. Der Rückgriff auf Geschichte wird als gegenwärtige Erfahrung lebendig[15]. So macht im Gedicht *Русский огнек* (Russij ogonëk – Russischer Lichterschein) – eines derjenigen Gedichte Rubcovs, die Kusnecov zufolge einmal zum Kanon klassischer russischer Poesie zählen werden[16] – das lyrische Ich auf seiner Wanderung durch die abgestorbene Winterlandschaft die Bekanntschaft mit einer Kriegerwitwe, in deren Hütte sich ihm der „waisenhafte Sinn" vergilbter Familienporträts erschließt und wo die Greisin vor neuen Kriegen warnt: „*Wie viel vergilbte Bilder gibt es nicht/ in diesen sorgsamen und schlichten Rahmen! / Da plötzlich war mir klar / und es erschreckte mich, / daß auf den Fotos lauter Waisen waren: // Von Feuer, Feindschaft ist / die Erde übervoll, / die Nächsten wird die Seele nie vergessen ...*"

Bilder des nordrussischen Dorflebens und der bäuerlichen Traditionen versinnbildlichen für Rubcov ethische Werte des Gemeinschaftslebens. Von daher versteht sich die häufig auftretende Dorfthematik.
Sein lyrisches Ich befindet sich häufig auf ruhelosen Wanderungen durch die endlose, von weiten Moorgegenden

[14] In: Literaturnaja gezeta 18. August 1976, eine leicht gekürzte Fassung in deutscher Sprache unter dem Titel „*Das Brot trägt sich selbst...*" *(Gedanken zur Lyrik Nikolai Rubzows)*, in: Sowjetliteratur 29 (1977), Heft 4, S. 150-155.

[15] Zur Geschichtsthematik bei Rubcov vgl. Silke Waber: Lyrisches Subjekt und poetisches Geschichtsbild im Werk des russischen sowjetischen Dichters Nikolaj Rubcov, Dissertation A, Leipzig 1990.

[16] Vgl. Kusnecov (wie Anm. 7), S. 242f. Er nennt namentlich Ja budu skakat', Tichaja moja rodina, Sapogi moi, Russkij ogonek u.a.

geprägte nordrussische Landschaft, Rubcovs eigene Unrast spiegelnd. Das einsame „Ich“ seiner mehrteiligen „Herbstetüden“ (Осенние этюды – Osennie ėtjudy) hat das geschichtliche Bewußtsein verloren, das „es mit seinen Vorfahren verband“[17]: *Und jäh erstirbt das mächtige Bewußtsein, / und jäh ersterben alle Leidenschaften, / ja, das Gedächtnis an uns selbst verfliegt ...* In diesem „geschichtslosen“ Zustand sieht sich das lyrische Subjekt mit einer feindlichen Natur konfrontiert, die ihren Ausdruck in einer Sumpfotter und wütenden Vögeln findet, und erhält von ihnen die Mahnung, daß „der Mensch nur im Einvernehmen mit seinem Volk und dessen tausendjähriger Geschichte ein wirkliches Einvernehmen mit der Natur erlangen kann“ [18]: *„Was machte denn die Vögel nur so wütend?“ – das fragte ich, die Unrast nur noch steigernd. – / „Was fing die Schlange denn zu züngeln an?“ // Und da begriff ich, nein, es war kein Zufall, / daß aller Schrecken in der Welt, die Gifte / sogleich und offen dich umkreisen werden, / wenn sie nur merken: hier bist du allein! / So war mir dies, wie man so sagt, zur Warnung: / Genug, genug, nicht weiter in die Sümpfe! / O ja doch, ich verstand wohl ihre Warnung: / Allein geh ich ins Moor jetzt niemals mehr ...* Als Gegenentwurf zu dieser Entfremdung von Geschichte und Natur, als Möglichkeit einer Rückkehr in die menschliche Gemeinschaft, stellt Rubcov den „Stern der Arbeit, Poesie und Ruhe“ vor Augen: *Von allen Wünschen hab ich nur den einen – / daß in den Tagen herbstlichen Zerfalls / und in den nahenden des lauten Schneesturms, / uns scheinen wird und ohne zu verzagen, / der Stern der Arbeit, Poesie und Ruhe, / daß dieser Stern noch dann bestehen möge, / wenn das Gedächtnis auch an uns erlischt ...*

---

[17] S. Waber (wie Anm. 15), S. 52. Dort (S. 47-58) grundsätzliche Überlegungen zum Motiv des einsamen Wanderers bei Rubcov anhand der Gedichte „Ja budu skakat‘ po cholmam“, „Russkij ogonek“ und „Osennie ėtjudy“.

[18] Kožinov, zitiert nach Waber (wie Anm. 15), S. 52f.

Seine Protagonisten erfahren ihre soziale Fremdheit in der Welt, wie der „Fremde“ aus dem gleichnamigen Gedicht *Неизвестный* (Neizvestnyj – Der Fremde), der von der Umgebung abgewiesen und damit dem Kältetod – in direkter und übertragener Bedeutung – überantwortet wird: *Durchs Schneetreiben zog er im Dunkeln, / kein Obdach, war hungrig und krank. / Er fand noch den Mut, daß er pochte / ans Tor einer Kate im Wald. //...// Er starb. Und der Schnee gab dem Toten / das Sterbegeleit. Doch wer's war, / das wußte das Volk zu betonen: / „ein Landstreicher! Strauchdieb, na klar!“*

Rubcovs Landschaften, die sich oftmals auch im Klang darstellen – im Rauschen eines Flusses, einer Birke oder Kiefer, mit denen, vor allem in den späteren Gedichten, das lyrische Ich Zwiesprache hält (z.B. in Šumit Katun'), veranschaulichen vielfach seelische oder auch historische Befindlichkeiten. Das „Licht“, die „Seele“, die „Stille“, aber auch das „Rauschen“ der Natur sowie Blumen sind zentrale Wörter seiner lyrischen Sprache. Viele Gedichte sind getragen von der Sehnsucht nach den kulturellen Werten des alten Rußlands, der Rus, ein Begriff, der immer wieder in den Gedichten aufscheint: *O Rußland – Sternenzähler du! / Wie man den Stern nicht stürzen kann, / vergeht's Jahrhundert in der Ruh / und rührt nicht deine Schönheit an, // als ob das Bild, das hier verharrt, / geprägt wär für die Ewigkeit / der Seele ein: nur sie bewahrt / die Schönheit aus vergangner Zeit* ... (Душа хранит – Duša chranit, Die Seele bewahrt). Garant für die kulturelle Tradition sind ihm die „weißen Kirchen“, deren zurückliegender Abbruch bzw. versäumte Restaurierung ihn mit Sorge erfüllt. In diesem Kontext finden sich auch einige der wenigen politisch zu verstehenden Verse Rubcovs[19]: *Die Kirche mit Säulen, die alt und weiß – wundervoll waren, / ver-*

[19] Vgl. R. Freeborn (wie Anm. 4), S. 361.

schwand mir wie eine Erscheinung im dämmernden Feld, – / es tut mir nicht leid, daß zertreten die Krone des Zaren, / doch schade ist's, daß unsre altweißen Kirchen zersprengt! ... (Я буду скакать по холмам – Ja budu skakat' po cholmam, Über Hügel des schlummernden Lands). Ein nicht zu überhörender besorgter lyrischer Seitenhieb auf die nach der Revolution einsetzende rigorose Kirchenpolitik.

Rußland ist für Rubcov ein „schlafendes", „schlummerndes" Land, das es zu erwecken gilt: *Ach Rus, ach Rußland, / du liegst in Kummer? / Die Glocken stille? / Du fielst in Schlummer? / So komm, daß wir jedem / den Nachtgruß erteilen! / So komm, laß uns gehen! / Laß lachend uns weilen!* (Зимним вечерком – Zimnim večerkom, Abends, winterlich).

In diesem Sinn mag man Rubcov zu Recht, wie der deutsche Slawist Wolfgang Kasack[20] dies tat, einen Dichter der „russophilen Richtung" nennen. Sein weiteres Urteil, dem Lyriker sei „die Welt der Technik so fern, daß er ihr seine Welt der Sterne, Wasser und Birken, der Stille und der Weite nicht einmal kontrastiert", ist bei genauerer Kenntnis der Gedichte jedoch nicht zu halten. So widmete sich Rubcov auch der Ambivalenz des technischen Fortschritts, den er letztlich – obwohl nicht ohne leisen Spott auf die Massenideologie seiner Zeit – befürwortet: *Gut nun! Schnelleres, gewagtes Leben, / jährlich jagt es kühner auf den Gleisen, / und wie kann's denn einen Unfall geben, / wenn so viele in dem Zug mitreisen?* (Поезд – Poezd, Der Zug).

Doch auch mal mehr, mal weniger verborgene Gesellschaftskritik findet sich in seinen Gedichten. Eine sehr deutliche Sprache schlägt er im „Herbstlied" (*Осеняя песня*) aus dem Jahr 1962 an: *Ich vergaß diese Nacht / alle glückliche*

20 Wolfgang Kasack: Die russische Literatur 1945-1976. Mit einem Verzeichnis der Übersetzungen ins Deutsche 1945-1979, München: Sagner, 1980, S. 49.

Kunde, alle Rufe und Glocken, die vom Kreml erscholln. / Meine Liebe, die galt jetzt den bitteren Liedern, den verbotnen Gedanken, wie erst dem, den sie holn! Bezeichnenderweise fehlte diese aufschlußreiche zweite Strophe in den zu Lebzeiten Rubcovs veröffentlichten Fassungen (s. Nachweise im Anmerkungsteil). Erst 1990 erschien das komplette Gedicht in der Zeitschrift „Nasch Sovremennik" nach einem Exemplar aus dem Archiv des Freundes Vadim Kožinov. In seinem in mehreren Fassungen vorliegenden Gedicht „Poet" (Поэт)[21] beschreibt Rubcov die visionären Begegnung mit einem Dichter, der ihm zunächst als Dostoevskij erscheint. Im Verlauf des Gesprächs mit ihm, das um die Bedingungen der dichterischen Arbeit kreist, fallen u.a. folgende (hier interlinear wiedergegebene) Sätze: *Noch die Männer zukünftiger Zeiten – / (ihr Wille sei unerschrocken!) – werden die Finsternis des stümperhaften Regimes vertreiben / für alle lebendigen und authentischen Namen!* Wenige Zeilen später erkennt sich Rubcov selbst und seine dichtenden Zeitgenossen *umgeben / von irgendeinem allgemeinen Nervensystem.* Verse, wie die zitierten scheinen zu belegen, daß Rubcov sich der gesellschaftlichen Realtität, die ihn umgab, durchaus bewußt war, daß er – trotz des häufigen Rückgriffs auf historische Themen und der Verbundenheit mit der Natur – die Augen vor der eigenen Gegenwart nicht verschloß. Fühlte sich der Dichter zuweilen selbst beobachtet oder gar verfolgt? Einige Zeilen im „Abschiedslied" (*Прощальная песня*) legen diese Vermutung nahe: *Und es folgen mir nächtlich verstohlen / lauernde Schrit-*

[21] S.s. III, 176f. Andere Fassungen unter demselben Titel S.s. III, 178f. Fassungen unter dem Titel *В гостях* (Zu Besuch) in: S.s. I, 242f. und S.s. III, 181f. Wegen der stark metaphorischen und anspielungsreichen Sprache, die für den deutschen Leser nur schwer verständlich ist, blieb das Gedicht für den vorliegenden, in die Lyrik Rubcovs einführenden Auswahlband in deutscher Sprache unübersetzt.

te, wohin ich auch geh, / die mir hinterrücks Böses tun wollen, / ja, ich weiß es, als hätt ich's gesehn.

Rubcovs poetischer Stil ist in der Mehrzahl der Gedichte einfach, bildhaft, mit einer Tendenz zum Melancholischen, Elegischen, das in manchen Texten jedoch ironisch gebrochen wird, wie in *Элегия* (Elegie): *Schlag ich auf die Tasche – klimperts nicht. / Schlag ich auf die andre – keine Kohln. / Wird dann doch berühmt noch mein Gedicht, / fahre ich nach Jalta, mich erholn.* Und Humor hat er durchaus, wie nicht nur sein Gedicht *На гулянке* (Na guljanke – Auf dem Dorffest) verrät: *Aus den Messern, Honigschnaps und Bieren / sprühten bald der Donner und der Blitz! / Tücher um der Schönen Schultern liegen, / so, als ob sie alte Bilder zieren, / ungeduldig hält sie's kaum am Sitz.*

Häufig sind seine Verse volkstümlich liedhaft. Die geschichtlich orientierten Gedichte tendieren dagegen zu einem mehr epischen Stil. Aus Gedichten, die von der Liebe zu Rußland oder einfach zur geliebten Erde – wie im Titelgedicht Davaj zemlja – getragen sind, spricht nicht selten ein unaufdringliches Pathos. In Versmaß und Reimstruktur hält Rubcov weitgehend an traditionellen Formen fest. Die Tradition, in der er steht, geht auf Fëdor Tjutčev (1803–1873) zurück, den er besonders verehrte, auf Aleksandr Blok (1880–1921) und Sergej Esenin (1895–1925), denen er in mehren seiner Gedichte ein Denkmal gesetzt hat.[22] Der Komponist Georgij Sviridov (1915–1998) erkannte diese Traditionslinie, betonte aber zugleich die Eigenständigkeit Rubcovs: „Wenn über den Traditionszusammenhang dieser jungen Dichter zu sprechen ist, so ist der Einfluß der russischen klassischen Poesie mit ihren großen Beispielen hier

---

22 Vgl. Erik Egeberg: Russkie poėty v zerkale stichotvorenij Nikolaja Rubcova, in: Poljarnyi vestnik 1 (1998), S. 110-116.

zweifellos gegeben. Leicht kann man Übereinstimmungen mit Tjučev, Nekrasov, Esenin finden. Es ist eigentümlich für Nikolaj Rubcov, daß dabei gar nichts der tiefen Originalität dieses Dichters genommen wird, die in seinem seelischen Impuls liegt, in der Färbung seiner Poesie mit der Vorherrschaft der verdichteten schwarzen Farbe, die so sehr charakteristisch ist für den Norden Rußlands. Solche Landschaftsbilder gab es noch nicht in der russischen Dichtung (vgl. z.B. *Nastuplenie noči*)."[23]

In Berührung kam Rubcov aber auch mit französischen Dichtern, deren Werke er in russischen Übersetzungen kennenlernte. Besonders François Villon (1431– nach 1.5.1463) und Paul Verlaine (1844–1896) – beide unstet wie Rubcov selbst – fühlte er sich wesensverwandt. Boris Čulkov, bei dessen Familie Rubcov im Winter 1964/65 nach seinem Ausschluß aus dem Literaturinstitut eine Zeitlang wohnte, weiß dazu folgende Episode zu erzählen[24]:

---

[23] Georgij Sviridov: Muzyka kak sud'ba, Moskau 2002, S. 237 [Übers. R.D.]. Der Herausgeber der unter diesem Titel veröffentlichten Notizbücher Sviridovs, Aleksandr Belonenko, kommentierte die oben zitierte Stelle mit Bezug auf das von Sviridov genannte Gedicht Rubcovs *Nastuplenie noči* mit folgender aufschlußreichen Anmerkung (S. 655, Anm. 30): „Vgl. Rubcov, N.: Stichotvorenija, Archangel'sk 1985, S. 111. – In dem Exemplar dieses Buches, das sich in der Bibliothek G. V. Sviridovs erhalten hat, ist dieses Gedicht von seiner Hand mit zwei Ausrufungszeichen und Abhakzeichen angestrichen, und mit einer großen geschweiften Klammer links und einer kleinen geschweiften Klammer rechts ist die Strophe hervorgehoben: „Aller Schrecken der Nacht / direkt vor dem Fenster, / als ob er erstünde / plötzlich aus der Erde!". Auf dem Titelblatt des Buches ist von der Hand Sviridovs geschrieben: „Diese Poesie müssen wir unverbrüchlich erhalten! Man kann sagen: Rubcov ist kein Puschkin, kein Blok ... Unwichtig! Was er ist – er ist einzigartig. Einen anderen gibt es nicht!".

[24] Boris Čulkov: Osennjaja pesnja, in: Vospominanija o Rubcove, sost. V. A. Oboturov, Archangel'sk 1983, S. 196-198 [Übers. R.D.].

„Rubcov liebte auch die Gedichte des genialen französischen Poeten François Villon und die Aufrichtigkeit der Dichter aus dem Frankreich des 19. Jahrhunderts – Verlaine und Baudelaire.

Er erzählte selbst einmal, daß die Französischlehrerin am Institut eine Art Wettbewerb veranstaltete zur Übersetzung des »Herbstliedes« [*Chanson d'automne*][25] von Verlaine [...] Nach Rubcovs eigenen Worten weigerte er sich, eine Übersetzung anzufertigen. Ich sagte ihm, daß ich, da ich mich selbst ein wenig mit dem Französischen beschäftigt hatte, durch einen seltsamen Zufall ausgerechnet diesen Text übersetzt hatte (ihn übersetzten viele russische Symbolisten, aber alle Übertragungen sind ungenau). Nachdem ich sie wiedergefunden hatte, las ich Nikolaj die Übersetzung vor.

Als Antwort las Rubcov eigene Verse und sagte, daß in ihnen lediglich Motive von Verlaine integriert seien (zuerst erschienen sie im Band »Sosen šum«). Heute bin ich in der Tat geneigt zu denken, daß auch das »Herbstlied« in der Vertonung von Čaikovskij, das Nikolaj sehr liebte, in einem gewissen Maße die Stimmung jenes Gedichtes beeinflußte, das mit den Versen endet:

---

[25] *Les sanglots longs / des violons / de l'automne / blessent mon coeur / d' une langueur / monotone. // Tout suffocant / et blême quand / sonne l'heure, / je me souviens / des jours anciens / et je pleure; // et je m'en vais / au vent mauvais / qui m'emporte / deçà, delà, / pareil à, / la feuille morte.* – Das Klagelied / der Violinen: / Herbstes Ton, / preßt mir das Herz / mit bangem Schmerz /und monoton. // Erstickend dann / und bleich, im Bann / der Uhr, die schlägt / entsinn ich mich / der Zeit, die verstrich, / tränenbedeckt; // und ich muß gehn, / im Wind verwehn, / er treibt mich fort, / bald hin, bald her / und ungefähr / wie das Blatt, das verdorrt. (Nachdichtung von Hartmut Löffel)

Куда от бури, от непогоды
Себя я спрячу?
Я вспоминаю былые годы,
И я плачу ...“[26]

Ein beliebtes sprachlich-klangliches Stilmittel ist für Rubcov die Häufung lautgleicher Silben, die übrigens auch in Verlaines *Chanson d'automne* auftritt, aber auch in der russischen Volkspoesie zu finden ist. Im Gedicht *Я люблю судьбу свою* (Ja ljublju sud'bu svoju – Ich liebe mein Schicksal) werden die letzten Verse ganz von den Wortendungen „jom“, „on“, „om“ usw. getragen, eine Klanggestalt, die sich im Deutschen kaum wiedergeben läßt[27]:

Все умр**ём**.
Но есть рез**он**
В т**ом**, что ты рожд**ён** поэт**ом**,
А другой – жнец**ом** рожд**ён** ...
Все уйдёт.
Но суть не в эт**ом** ...

Rubcovs Verse reizten mehrere Komponisten zur Vertonung. Es ist interessant zu beobachten, daß sich von seinen Gedichten Vertreter der unterschiedlichsten musikalischen Stilrichtungen angesprochen fühlen. Die Spannweite reicht von der klassischen Moderne über russische Chöre

---

[26] Interlinearübersetzung: *Wohin vor dem Schneesturm, vor dem Unwetter / Soll ich mich verbergen? / Ich erinnere die vergangenen Jahre, / Und ich weine ...* Aus dem Gedicht *Листвой пропащей.* Vgl. dazu die zweite Strophe aus Verlaines *Chanson d'automne: „... je me souviens / des jours anciens / et je pleure.“* Als weiteres Gedicht Rubcovs, das unter dem Einfluß Verlaines entstand, gilt *По мокрым скверам проходит осень* (Durchs feuchte Grün geht der Herbst) aus dem Band *Сосен шум.*

[27] Vgl. andere Beispiele bei L. Amberg (wie Anm. 3), S. 14.

bis hin zur volkstümlichen und Unterhaltungsmusik. Zu den bekanntesten russischen Komponisten, deren Werkverzeichnis Rubcov-Vertonungen aufweist, zählt zweifellos der schon erwähnte Šostakovič-Schüler Georgij Sviridov. Unter dem Titel *Золотой сон (Из Николая Рубцова)* [Goldener Traum (nach Nikolaj Rubcov)] schrieb er Ende der 70er, Anfang der 80er Jahre einen Orchesterlied-Zyklus für Mezzosopran und Sinfonieorchester nach den Gedichten *Огороды русские, Лесная дорога, Пасха, Золотой сон* und *Ночной всадник* (= *Я буду скакать*).[28] In den Notizbüchern des Komponisten aus dem Zeitraum zwischen 1972 und 1980 findet sich folgende kurze Bemerkung über das Verhältnis von Wort und Musik, die auch auf Rubcov anspielt: „Es gibt Worte von außergewöhnlicher Schönheit (beispielsweise Rubcov) – sie selbst sind Musik. Sie bedürfen keiner Vertonung, oder ihre Vertonung verlangt nach einer Einfachheit, die die Schönheit ihrer Worte trägt."[29]

Aus dem Jahr 1981 stammen die „Drei Lieder über Rußland" (*Три песни о России*)[30] für Baß und Klavier des in Moskau lebenden Komponisten Vladimir Rubin (geb. 1924). Das „Triptychon" – so der Untertitel – umfaßt die Lieder *Дорожная элегия* (Landstraßenelegie), *Журавли* (Kraniche) und *Я буду скакать* (Über Hügel der schlummernden Heimat).

Rubcov selbst sang manche seiner Gedichte zur Gitarre oder zur Harmonika und gab damit den zahlreichen

[28] Vgl. Sviridov: Muzyka kak sud'ba (wie Anm. 23), S. 200 und 768.

[29] Sviridov: Muzyka kak sud'ba (wie Anm. 23), S. 122.

[30] Vladimir Rubin: Tri pesni o Rossij. Tripich, Selbstverlag, 1981. Der Zyklus umfaßt die drei Lieder *Дорожная элегия, Журавли* und *Я буду скакать*. Eine Einspielung liegt vor mit Aleksandr Vedernikov (Baß) und Vladimir Rubin (Klavier) beim russischen Label „Melodija" (C10 25279 003).

Vladimir Rubin: *Tri pesni o Rossii. Triptich*, Selbstverlag, 1981
Nr. 1: *Dorožnaja Ėlegija* (Landstraßenelegie)

Maksim Kozlov: *V minuty musyki* (Moment musical)
Handschrift des Komponisten

russischen Barden und Liedermachern ein Beispiel, die seine Gedichte seit nunmehr drei Jahrzehnten vortragen, unter ihnen Ivašev, Dulov, Smirnov, Ivanov, Šabanov, Vešnjakov, Gromov, Matveev[31] oder der für Rubcov besonders engagierte Maksim Kozlov[32].

Was macht die Popularität der Poesie Rubcovs in Rußland aus, die rund 30 Jahre nach dem Tod des Dichters nichts von ihrer Lebendigkeit verloren hat und die inzwischen in Gesamtausgaben ediert wurde[33] und im Internet[34] verfügbar ist? Vor dem Hintergrund des russischen Geistes- und Kulturlebens, das schon seit Jahrhunderten von der Auseinandersetzung zwischen einer slawophilen und einer mehr westorientierten Richtung geprägt ist – eine Auseinandersetzung, die sich heute in der Spannung zwischen Traditionalisten und Demokraten äußert –, ist es wichtig zu bemerken, daß Rubcovs Lyrik mit ihrem stark russophilen Gestus überwiegend von den *Slavjanofily*, den

---

[31] Lieder der Genannten sind zusammengestellt auf der CD „V gornice moej svetlo. Pesni na stichi Nikolaja Rubcova“ (Fond Nikolaja Rubcova).

[32] Kozlov produzierte unter dem Titel „Na rodinu! Pesni Maksima Kozlova na stichi Nikolaja Rubcova“ eine CD mit eigenen Liedern und Originalaufnahmen Rubcovs, der seine Gedichte *Поезд, Тихая моя родина* und *Оссение Этюды* spricht. Am 17. August 2003 moderierte Kozlov zusammen mir Elena Visbor beim Moskauer Rundfunksender „Radio Rossii“ eine einstündige Sendung über den Dichter, in der es vor allem um die Bedeutung der Lyrik Rubcovs für die Gegenwart ging.

[33] 1999 erschien im Moskauer Verlag „Voskresen'e“ eine erste 650 Seiten starke einbändige Ausgabe seiner Werke (Zvezda polej: sobranie sočinenij v 1 t. – ISBN 5885282005), die auch Aufsätze über und Briefe von Rubcov enthält. Im Jahr 2000 publizierte der russische Verlag „Terra“ eine dreibändige kritische und kommentierte Werkausgabe (Sobranie socinenij v 3-ch tomach – ISBN 5-273-00068-8).

[34] http://rubtsov.id.ru. Unter dieser Internetadresse findet man nicht nur sämtliche Gedichte Rubcovs, sondern auch Informationen zu Leben und Werk, bibliographische und diskographische Hinweise.

orthodox gesinnten Literaten, rezipiert (vielleicht sogar zu sehr vereinnahmt) wird, die in seinen Versen das Motiv der Kontinuität kultureller Werte Rußlands erkennen und schätzen. In geistiger Verwandtschaft zu Rubcovs stehen die modernen russischen Dichter Stanislav Kunjaev, Nikolaj Trjapkin und Gennady Stupin, deren Entdeckung in Deutschland noch aussteht.

Wie groß die Begeisterung für Rubcovs Lyrik in Rußland sein kann, zeigt das Beispiel der Präsidentin des *Fonds Nikolaja Rubcova* und zugleich der Gründerin des am 1. September 2002 eröffneten kleinen Moskauer Rubcov-Museums[35], Majja Andrejevna Polëtova. Sie trug in jahrelanger mühevoller Kleinarbeit die heute längst vergriffenen, in nur kleiner Auflage erschienenen Erstausgaben der Gedichtbände Rubcovs zusammen sowie Gegenstände seines Alltags, Dinge, die manchmal auch in seine Gedichte Eingang gefunden haben: die selbstgefertigte Birkenrindenwiege seiner Tochter (*Прощальная песня* – Abschiedslied), sein Akkordeon, die Körbe, in denen er Moosbeeren und Pilze sammelte ... Aber Majja Andrejevna beschränkt sich nicht aufs Sammeln: sie trägt Rubcovs Lyrik im wahrsten Sinn des Wortes unters Volk, rezitiert seine Verse, wo sich nur immer Gelegenheit dazu bietet, sei es im kleinen Kreis unter Freunden, sei es in der großen anonymen Öffentlichkeit: auf den – die Episode ist verbürgt! – Rolltreppen der Moskauer Metro. Und sie findet Zuhörer, Zuhörer, die sich von der Lyrik Rubcovs anrühren lassen.

---

[35] Das Museum befindet sich in einem Zimmer der „Biblioteka - Kul'turno-prosvetitel'skij centr imeni N. Rubcova“ in der Uliza Dmitrij Ul'janov 3 (Metro-Station „Akademičeskaja). Frau Polëtova ist auch Verfasserin einer Schrift über Rubcov, in der sie nur wenig bekannte Fakten seiner Biographie veröffnentlichte: M. A. Polëtova: N. Rubcov. Maloizvestnye fakty biografii, Moskau 2003.

Damit trägt sie wohl auch ein wenig zur Verwirklichung dessen bei, was Hilde Domin[36] als einen wesentlichen Sinn von Lyrik überhaupt benannte: dem Leser zu einer Begegnung mit sich selbst zu verhelfen und damit einen Freiraum zu schaffen, einen Atemraum für das Denken und Fühlen der Menschen, inmitten der gesteuerten und zunehmend fremdbestimmten Gesellschaft.

Keinen anderen Sinn verfolgen die hier vorgelegten deutschen Übersetzungen, die es auch dem nicht mit dem russischen Kulturkreis vertrauten Leser ermöglichen wollen, ihre Bekanntschaft mit dem Dichter Rubcov zu machen, um in seinen Gedichten sich selbst zu begegnen.

Raymond Dittrich

[36] Hilde Domin: Wozu Lyrik heute? Dichtung und Leser in der gesteuerten Gesellschaft, München 1968, Neuausg. Frankurt a.M. 1993.

Anmerkungen und bibliographische Nachweise

Die Umschrift russischer Wörter erfolgt im Nachwort und im Anmerkungsteil nach der ISO-Transliteration.

Abk.:
EV = Erstveröffentlichung
GAVO = Gosudarstvennyj Archiv Vologodskoj Oblasti (Staatliches Archiv des Vologdaer Gebiets).
In diesem Archiv befindet sich ein Großteil der Autographe Rubcovs.
Ss. = [Sobranie socinenij - Werkausgabe]:
Nikolaj Rubcov: *Sobranie socinenij v trech tomach*, Moskva: Terra, 2000

Zitierte Ausgaben der Gedichte Rubcovs:
Volny i skaly (Волны и скалы), Selbstverlag 1962
Lirika (Лирика), Archangel'sk 1965
Zvezda polej (Звезда полей), Moskva 1967
Duša chranit (Душа хранит), Archangel'sk 1969
Sosen šum (Сосен шум), Moskva 1970
Zelenye cvety (Зеленые цветы), Moskva 1971
Poslednij parochod (Последный пароход), Moskva 1973
Podorožniki (Подорожники), Moskva 1976
Stichotvorenija (Сихотворения), Moskva 1977

***

Ветры поэзии / Verweht
Ss I, 33. EV: *Volny i skaly*, dort datiert: Leningrad 1957.

Первый снег / Erster Schnee
Ss I, 57. EV: *Duša chranit,* dort datiert: 1955.
Das Gedicht wird erwähnt in einem Antwortbrief der Zeitungsredaktion „Komsomolec Zapoljar'ja" (Murmansk, 26.12.1958), an die Rubcov eine Auswahl seiner Texte schickte: „Aus dem zweiten, später zugesandten Päckchen mit Gedichten, glaube ich, werden wir etwas zum Druck herausnehmen. Unter ihnen sind rohe, noch nicht bis zum Schluß durchdachte Gedichte – so ‚Pervyj sneg'. Ein sehr bildhaftes, sogar liebliches Gedicht ..." (nach S.s. I, 310).
Bajan ist ein russisches Knopfakkordeon.

Мое слово верное / Meine Worte klingen wahr
Ss II, 214. EV: Zeitung „Vologodskij komsomolec", 19.01.1975. Erste Buchveröffentlichung: *Podorožniki.*
An der Stelle des heutigen Rubcov-Denkmals in Tot'ma befand zu Rubcovs Lebenszeit die Kneipe „Goluboj Dunaj" (Blaue Donau).

Да, умру я! / Ja, ich sterbe!
S.s. II, 134. EV: *Volny i skaly,* dort datiert: Taschkent 1954.
Im Sommer 1954 unternahm Rubcov eine Reise nach Mittelasien und arbeitete u.a. in Taschkent (nach S.s. I, 310 und II. 281).

В океане / Auf See
S.s. I, 48. EV: *Volny i skaly,* dort datiert: Leningrad, Juli 1961. Spätere Variante in der Anthologie *I snova zovet vdochnovenie*, Leningrad 1962 (S.s. II, 101). Abdruck und Übersetzung nach dieser Variante.

Букет / Blumenstrauß
S.s. I, 263. EV: *Lirika.*
Als Rubcov den Band *Lirika* dem Vologdaer Dichter Aleksandr Jaschin schenkte, strich er das Gedicht aus mit der Bemerkung, es gefalle ihm nicht. In Rußland zählt es heute, in liedhaften Vertonungen, zu den populärsten seiner Gedichte. Möglicherweise schrieb Rubcov es für seine heute in Moskau lebende Jugendliebe Margarita Vlasova, mit der er während seiner Matrosenzeit befreundet war. Vgl. Dmitrij Moskin: Poceluev most, in: Trud 7, Nr. 54, 25.-31. März 2004, S. 11 sowie Majja A. Polëtova: *«...No chorošo by popast' v Moskvy, čtoby tebja uvidet'»* Iz biografii Nikolaja Rubcova, in: Rossijskij pisatel' 88, Nr. 8, Mai 2004, S. 14.

Птицы разного полета / Verschiedene Vögel
EV: *Volny i skaly,* dort datiert: Leningrad, März 1962.

Элегия / Elegie
S.s. I, 128. EV: *Volny i skaly,* dort unter dem Titel „МУМ" (Марш ухобящей молодсти), datiert: Leningrad, März 1962. Später als *Элегия* in: *Zvezda polej.*
Nach der Erinnerung von V. Safonov schrieb Rubcov dieses Gedicht während seines Dienstes in der Nordmeer-Flotte: „Wir – an die dreißig Matrosen, Flieger, Soldaten und Militärpersonen – faßten dieses Gedicht als Scherz auf, nicht mehr ... Tatsächlich ließ sich der traurige Inhalt dieser Zeilen nicht in Einklang bringen mit der Mentalität des Autors – eines lebensfrohen Matrosen ... Wer von uns Zwanzigjährigen konnte die Verse über ‚das Gedächtnis, das schon lange nicht mehr folgt', und über die ‚Jugend, die dem Bein fehlt', ernsthaft verstehen? Lebenskräfte waren uns gegeben, und im Grunde genommen begannen sie ja erst ..." (nach S.s. 316).
Jalta ist ein beliebter Kurort an der Südküste der Krim.

Жалобы алкоголика / Klage eines Alkoholikers
S.s. III, 166. EV: *Volny i skaly,* dort datiert: Leningrad, 1961.

На гулянке / Auf dem Dorffest
S.s. II, 162. EV: Zeitung „Vologodskij komsomolec", 20.01.1974. Erste Buchveröffentlichung: *Podorožniki.*

Грани / Grenzen
S.s. I, 264. EV: Zeitschrift „Znamja" 1966, Nr. 6. Erste Buchveröffentlichung: *Zvezda polej.* Zeilenumbruch des Abdrucks und der Übersetzung nach einem maschinenschriftlichen Exemplar im GAVO (S.s. III, 231).

В горнице / In die Stube
S.s. I, 189. EV: Zeitung „Leninskoe znamja", 31.10.1964. Erste Buchveröffentlichung: *Zvezda polej.* Das Autograph einer früheren Variante befindet sich unter dem Titel „В зведную ночь" im GAVO, datiert: Juli 1963.
Nach dem Zeugnis von N. Šantarenkov brachte Rubcov bei der Vorbereitung des 1967 herausgegebenen Sammelbandes „Stichi, Stichi ..." im Verlag „Iskusstvo" eine Änderung in den ersten beiden Zeilen der zweiten Strophe an und bat Šantarenkov, darauf zu achten, daß Larissa Gamazova, die Redakteurin des Bandes, diese Veränderungen übernahm: „Ранние цветы мои / К вечеру завяли все."
Die Bände *Zvezda polej* und *Stichi, Stichi ...* gingen am selben Tag, am 9. Februar 1967, in Druck (nach S.s., I, 324).

Памяти матери / Erinnerung an die Mutter
S.s. I, 253. EV: Zeitschrift „Oktjabr'" 1965, Nr. 10. Erste Buchveröffentlichung: *Zvezda polej.*

Тихая моя родина / Mein stilles Heimatland
S.s. I, 186. EV: Zeitschrift „Oktjabr'" 1965, Nr. 10. Erste Buchveröffentlichung: *Lirika*, später in: *Zvezda polej.* Bereits in einer früheren Variante in einem Brief Rubcovs an Boris Sluckom vom 3. Juli 1963 zitiert (vgl. S.s. III, 288ff.). Widmung an den aus dem Gebiet Vologda stammenden Schriftsteller Vasilij Belov (geb. 1932).

Я буду скакать по холмам / Über Hügel der schlummernden Heimat
S.s. I, 201. EV: Zeitschrift: „Oktjabr'" 1964, Nr. 8. Erste Buchveröffentlichung: *Zvezda polej.*
Nach dem Bericht des Leningrader Dichters V. Gorškov wurde das Gedicht in der Literaturvereinigung des Kirov-Werks, in dem Rubcov als Schlosser arbeitete, besprochen und 1960 in eine Gedichtauswahl aufgenommen, die jedoch nicht erhalten ist. In der Zeitschrift „Oktjabr'" erschien 1964 eine gekürzte Variante.

Видения на холме / Visionen auf dem Hügel
S.s. I, 204. EV: Zeitung „Kirovec" 1960 unter dem Titel „Zvezdy" (Sterne); eine weitere Variante „Videnija v doline" (Visionen im Tal) in: *Volny i skaly,* dort datiert: Leningrad 1960. Vorliegende Fassung erstmals in: *Lirika.*

Русский огонек / Russischer Lichterschein
S.s. I, 193. EV: Zeitschrift „Oktjabr'" 1964, Nr. 8 sowie in: *Lirika* unter dem Titel „Chozjajka" (Die Hausherrin). Vorliegende Fassung in: *Zvezda polej.*
Rubcovs Lebensgefährtin, Genrietta Men'schikova, berichtete im Herbst 1963 über die Entstehungsgeschichte: „Einmal kam er [Rubcov] zu uns [zu Genrietta und ihrer gemeinsamen Tochter Elena] im November. In seinem Koffer befand sich eine Puppe. Er fuhr die Eisenbahn-

strecke Vologda-Vochtoga, dann mit der Werkbahn bis Gremjačij und legte noch zwanzig Kilometer zu Pferd zurück. Darauf kam er zu Fuß ins Dorf Počinok und wärmte sich an einem Ofen bei Marija Ivanovna Bogdanova auf. Sie gab ihm Filzstiefel, die er ihr später zurückschickte. Kurz darauf entstand das Gedicht ‚Russkij ogonek'."

Осенние этюды / Herbstetüden
S.s. I, 271. EV: *Zvezda polej.* Zuvor in einem Brief an A. Jašin vom 19. November 1965 mit Widmung an den russischen Schriftsteller Aleksandr Jašin (1913-1968) (nach S.s. II, 337 und III, 346-348).

Прощальная песня / Abschiedslied
S.s. I, 235. EV: *Zvezda polej.* Wiederveröffentlichung in: *Zelenye cvety.* Im GAVO maschinenschriftliche Kopie mit handschriftlichen Korrekturen.

Осеняя песня / Herbstlied
S.s. I, 239 und III, 213. EV: *Lirika.* Wiederveröffentlichung in: Almanach „Poėzia Severa" (Archangel'sk 1966), sowie in: *Zvezda polej.* Vorliegende Fassung (III, 213) nach der Zeitschrift „Nasch Sovremennik", 1990, Nr. 12. Die zweite Strophe wurde erstmals in dieser Zeitschrift veröffentlicht nach einer Fassung aus dem Archiv von Vadim Kožinov (vgl. S.s. III. 405). Im Band *Lirika* stand an Stelle des Verses „На тревожной земле" (In dem fiebrigen Land) die Zeile „На осенней земле" (In dem herbstlichen Land).

Ветер всхлипывал, словно дитя / Wie ein Kind schluchzt der Herbstwind sein Leid
S.s. I, 276. EV: *Zvezda polej.* Im GAVO das bleistiftgeschriebene Autograph einer frühen Variante.

В минуты музыки / Moment musical
S.s. I, 285. EV: *Zvezda polej.* Das Autograph ist reproduziert in: V. Korotaev: Kozyrnaja dama, Vologda 1991, dort datiert: 31. Mai 1966. Das Gedicht schrieb Rubcov im Altai (nach S.s. I, 340).

Душа хранит / Die Seele bewahrt
S.s. I, 214. EV: *Zvezda polej.* Maschinenschriftliche Fassung im GAVO, datiert: 18. August 1964.
Das poetische Bild der zweiten Strophe, die Spiegelung der Kirche im Wasser, ist möglicherweise eine Anspielung auf die altrussische Legende von der unsichtbaren Stadt Kitež, die in der russischen Literatur mehrfach aufgegriffen und von Rimskij-Korsakov in der Oper „Skazanie o nevidnom grade Kiteže i deve Fevronija" (Die Legende von der unsichtbaren Stadt Kitež und von der Jungfrau Fevronija) verarbeitet wurde: Die von den Tataren bedrohte Stadt Großkitež wird durch das Gebet Fevronijas unsichtbar. Nur in der gläsernen Tiefe des Sees Svetojar (= Lichtsteilufer) spiegelt sich die Stadt, deren Domglocken feierlich tönen. (Nach der freundlichen Mitteilung von Frau Elena Sawtschenko, Leipzig.)

Шумит Катунь / Es rauscht der Fluß Katun
S.s. I, 287. EV: Zeitung „Leninskij put' ", 22.04.1967; Zeitung „Pravda", 08.12.1967; erste Buchveröffentlichung: *Duša chranit.* Widmung an den russischen Schriftsteller Viktor Astaf'ev (geb. 1924).
In seinem Beitrag „Leto s Ribcovym" (in der Zeitschrift „Altaj" 1988, Nr. 2) teilt G. Volodin folgende Episode mit: „Die Woche fuhr Kolja [Kurzform von Nikolaj] nach Gorno-Altajsk. Er kündigte an, daß er sich dort möglicherweise zwei, drei Tage aufhalten werde. Doch nach einer Nacht schon kehrte er zurück. Irgendwie nachdenklich und ernst.

‚Ist jemand getötet worden?', fragte ich ihn.
‚Ach nein'. Er lenkte das Gespräch auf etwas anderes. ‚Ich war am Katun. Das ist in der Tat ein Fluß! ... Was für eine Kraft! Ich wundere mich, wie die Fähre bei Surtajka nicht kentert. Wie kann das sein?'
‚Ganz einfach', sagte ich und begann, ihm vom Belyj Bom und von anderen Felsen zu erzählen, die einst mit Erzählungen und Märchen verbunden waren [*Belyj Bom* = „weißer Glockenschlag" ist der Name eines Felsens im Altai]. Kolja hörte aufmerksam und ernst zu. Dann murmelte er Verse aus dem späteren Gedicht *Šumit Katun'* vor sich hin:

Katun, Katun – ein wütendwilder Strom!
Er singt geheimnisvoll die alten Mythen

Das Werk selbst wurde später geschrieben. Doch wir führten dann ein Streitgespräch um den ‚wütendwilden Strom'.
‚Du sagst, daß es ein mächtiger Fluß sei', stachelte ich ihn an, ‚aber ein kräftiger und mächtiger kann doch nicht wütendwild sein.'
‚Und ob er kann', ließ Rubcov nicht locker. ‚Und wie sogar! Ich werde noch einmal an den Katun fahren, das Ufer ablaufen und auf das Rauschen des Flusses hören. Weißt du, in diesem Rauschen liegt ein eigener Rhythmus und ein eigener Tonfall. Er läßt sich mit nichts vergleichen.' " (nach S.s. I, 341)
Silka Waber (s. Nachwort, Anm. 15) zeigt an diesem Gedicht auf, daß es Rubcov in seiner Lyrik weniger um die Nachzeichnung historischer Fakten geht (Tschingis Chan ist nie bis zum Fluß Katun vorgedrungen), sondern um die „geistige Aufarbeitung und Verinnerlichung fundamentaler Werte der Geschichte" (Waber, S. 72).

До конца / Bis zuletzt
S.s. I, 228. EV: Zeitung „Krasnyj Sever“, 25.03.1969; Zeitschrift „Oktjabr'“ 1969, Nr. 3. Erste Buchveröffentlichung: *Duša chranit.* Wiederabdruck in: *Sosen šum.*

Поезд / Eisenbahn
S.s. I, 262. EV: *Sosen šum.*
Im GAVO maschinenschriftliches Exemplar mit handschriftlicher Korrektur: In Zeile 22 (Я, как есть, загадка мирозданья) ist das Wort загадка (Rätsel) durchgestrichen und mit частица (Teilchen) überschrieben.
Nach der Erinnerung eines Kurskollegen im Literaturinstitut, des Dichters Nikolaj Rogov aus St. Petersburg, las Rubcov dieses Gedicht im Zug auf der Strecke Leningrad-Moskau im Jahr 1965: „... wir gingen auf die Plattform hinaus, rauchten und lasen Gedichte. Ich glaube, er las: Я буду скакать по холмам (Über Hügel der schlummernden Heimat), Русский огонек (Russischer Lichterschein) und Поезд (Eisenbahnzug). Soweit ich mich entsinne, lobte ich irgendwelche seiner Verse und wiederholte eine Meinung über Eseninsche Motive, die, angeblich, zu nichts Gutem führten und vor denen wir uns in Acht nehmen müßten. Kolja lachte nachsichtig über meine Moralpredigt und bemerkte, daß er nicht nur bei Esenin lerne, sondern auch bei anderen Dichtern, in diesem Fall bei Andrej Belyj“ (Zeitung „Sel'skaja pravda“, 01.01.1994, hier zitiert nach: S.s. I, 335). Andrej Belyi (1880-1934): bedeutender Vertreter des russischen Symbolismus.

На автотрассе / Autobahn
S.s. II. 29. EV: Zeitung „Vologodskij komsomolec“, 09.08.1968; Zeitschrift „Molodaja Gvardija“ 1969, Nr. 1.
Im GAVO maschinenschriftliches Exemplar mit Abweichungen (S.s. II, 271).

Я люблю судьбу свою / Ja, mein Schicksal liebe ich
S.s. II, 50. EV: Zeitschrift „Naš sovremennik" 1975, Nr. 9.
Im GAVO maschinenschriftliches Exemplar mit dem Titel *Неужели?.*
Rubcov nennt in dem Gedicht drei russische Lyriker: Sergej Esenin (Jessenin) (1895-1925), Aleksandr Blok (1880-1921) und Velimir Chlebnikov (1885-1922).

Сергей Есенин / Sergej Jessenin
S.s. I, 155. EV: *Podorožniki.*
Das Gedicht wurde besprochen in der Literaturvereinigung des Leningrader Kirov-Werkes und ist erhalten in einer Auswahl aus dem Jahr 1960 im Archiv von V. Gorškov.

У сгнившей лесной избушки / Die Kate mit morschen Wänden
S.s. I, 251. EV: *Lirika.* Wiederabdruck in: *Poslednij parochod* (Fassung letzter Hand).

Ласточка / Die Schwalbe
S.s. II, 126. EV: Zeitung „Majak", 24.09.1968; Zeitung „Vologodskij komsomolec", 17.11.1968. Erste Buchveröffentlichung: *Duša chranit.* Im GAVO Autograph mit Abweichungen.

Хлеб / Brot
S.s. I, 128. EV: Zeitschrift „Molodaja Gvardija" 1964, Nr. 6.
Im GAVO Autographe und ein maschinenschriftliches Exemplar mit den Titeln: *Бабка, Отправляясь в дорогу* und *Хлеб.*

Неизвестный / Ein Fremder
S.s. II, 20. EV: *Podorožniki.*
Im GAVO maschinenschriftliches Exemplar mit dem Titel *Случай в лесу.*

Зимним вечерком / Abends, winterlich
S.s. I, 191. EV: Zeitung „Vologodskij komsomolec", 19.01.1972.
Handschriftlich in einem Brief Rubcovs an B. Sluckom vom 3. Juli 1963.

Зимняя песня / Winterlied
S.s. I, 191. EV: Zeitung „Vologodskij komsomolec", 10.02.1965; Zeitschrift „Junost'" 1986, Nr. 9. Erste Buchveröffentlichung: *Duša chranit.* Wiederabdruck in: *Zelenye cvety.*
Im GAVO Autographe und maschinenschriftliche Exemplare mit Abweichungen.
Genrietta Men'šikova zufolge entstand das Gedicht im Februar 1963, als Rubcov ins Dorf Nikol'skoe auf Urlaub fuhr und dort seine Gedichte häufig selbst auf dem Akkordeon begleitete (nach S.s. I, 324f.).

»Чудный месяц плывет над рекою« / »Wunderschön treibt der Mond auf den Wellen«
S.s. I, 188. EV: Zeitung „Krasnyj Sever" (Variante unter dem Titel *Тайна*), 26.02.1971; Zeitschrift „Moskva" 1971, Nr. 7.
Nach der Erinnerung Genrietta Men'šikovas entstand das Gedicht im Februar 1963 während der Winterferien in Nikol'skoe, wo Rubcov während eines Spaziergangs mit ihr das Gedicht rezitierte (nach S.s. I, 223f.).
In der ersten Zeile zitiert Rubcov den Beginn der Ende des 19., Anfang des 20. Jahrhunderts verbreiteten Stadtroman-

ze „Čudnyj mesjac“. Sie gehört zum Typ der sogenannten „žestokie romansy“ und hat zumeist eine unglückliche oder leidenschaftliche Liebe zum Thema:

Чудный месяц плывет над рекою,
По долинам царит тишина.
Милый друг, ты гуляешь со мною,
Для меня теперь осень - весна.
Милый друг, не спеши расставаться,
Не спеши на свиданье к другой.
Хорошо нам с тобой любоваться
Безмятежной ночной тишиной.
Но я вижу - спешишь на свиданье,
Ты спешишь на свиданье к другой.
Ну иди, пусть одна я страдаю,
Ну иди, уходи и прощай.
"Не прощай, говори "до свиданья",
Завтра утром к тебе я явлюсь,
Не увижу твого я страданья,
На другой никогда не женюсь!"
Чудный месяц плывет над рекою,
По долинам царит тишина.
Милый друг, ты остался со мною,
Для меня теперь осень - весна.

Январское / Jahreswende
S.s. I, 255. EV: Zeitung „Leninskoe Znamja, 01.01.1965 (unter dem Titel *Мороз*); Zeitung „Krasnyj Sever“, 01.01.1968. Erste Buchveröffentlichung: *Duša chranit.* Wiederabdruck in: *Poslednij parochod.*
Im GAVO Autograph und maschinenschriftliches Exemplar mit Abweichungen.

Мы сваливать не вправе / Nicht dürfen wir dem Leben
S.s. II, 101. EV: *Podorožniki.*

Дорожная Элегия / Landstraßenelegie
S.s. II, 81. EV: Zeitschrift „Junost' " 1971, Nr. 8. Erste Buchveröffentlichung: *Podorožniki.*
Im GAVO maschinenschriftliches Exemplar mit Widmung an den Vologdaer Journalisten und Dichter German Aleksandrov.

Что вспомню я? / Woran werde ich mich erinnern?
S.s. II, 89f. EV: Zeitschrift „Sever" 1971, Nr. 6.

Я умру в крещенские морозы / Werde sterben, wenn der Frost am stärksten
S.s. II, 110. EV: *Stichotvorenija.*

Давай, земля / Komm, Erde
S.s. II, 87. EV: Zeitung „Vologodskij komsomolec", 04.04.1971.

Editorische Notiz und Dank

Den Übersetzungen liegt die russische Werkausgabe der Gedichte Rubcovs in drei Bänden zugrunde:

Nikolaj Rubcov: Sobranie socinenij v trech tomach, Moskva: Terra, 2000 – ISBN 5-273-00068-8. Liegen verschiedene Fassungen vor, so ist die jeweils letzte für die Übersetzung ausschlaggebend.

Die Übertragungen folgen, soweit dies möglich ist, in Versmaß, Metrum und Reim den Originalen. Die weitaus intensivere Klanglichkeit der russischen Sprache ist im Deutschen dagegen, wenn überhaupt, nur äußerst unvollkommen wiederzugeben. Dies betrifft vor allem die bei Rubcov häufig auftretende Häufung lautgleicher Silben, auf deren Übernahme oftmals, insbesondere wenn sie im Deutschen unernst klingen würde, verzichtet wurde.

Die Anordnung der Gedichte folgt einem grob chronologischen Schema.

Die Auswahl zielt darauf, einige der in Rußland bekanntesten Texte Rubcovs (bei weitem nicht alle seiner rund 400 Gedichte) aus allen Schaffensperioden in deutscher Übersetzung in Buchform vorzulegen.

Wir danken dem Lyriker Günther Deicke für die Erlaubnis, seine Übersetzung *Komm, Erde* abdrucken zu dürfen, die dem Band auch seinen Titel gab. Diese und andere Rubcov-Übersetzungen von Deicke sind veröffentlicht in: Sowjetliteratur 29 (1977), Heft 4, S. 140-149.

Dank gesagt sei ebenso Herrn Jürgen Rennert für die Zustimmung, seine Übertragung der *Landstraßenelegie* in den Band aufzunehmen; sie erschien zusammen mit weiteren Übersetzungen zuerst in Sinn und Form 24 (1972) S. 494-497.

Für anregende und informative Gespräche über Rubcov danken die Herausgeber besonders Frau Majja Andrejevna Polëtova (Biblioteka – Kul'turno-Prosvetitel'skij Centr imeni N. Rubcova, Moskau), dem Komponisten Vladimir Rubin (Moskau), dem Liedermacher Maxim Kozlov (Moskau) sowie dem Direktor des Instituts für Weltliteratur an der Russischen Akademie der Wissenschaften, Feliks Kuznecov (Moskau).

Die Tochter Rubcovs und Rechtsnachfolgerin seiner Gedichte, Frau Elena Rubcova (St. Petersburg), gestattete freundlichst den Abdruck der russischen Originaltexte.

Inhalt
(Gedichte und Übersetzer)

Herausgeber und Übersetzer

Raymond Dittrich, geb. 1961 in Hamburg, Bibliothekar, lebt und arbeitet seit 1996 in Regensburg. Veröffentlichungen im Wiesenburg-Verlag: Figurentheater, Gedichte (2000); Gewicht ihrer Tage, Gedichte (2001); Gassenblicke, Texte und Fotos (2002); Kaltnadelradierung, Gedichte (2003).

Tamara Kudrjavceva, geb. 1952 in Pošechon'e (Jaroslavler Gebiet, Rußland), studierte Germanistik, Pädagogik und Journalismus in Jaroslavl' und Moskau, promovierte über die Lyrik von Arno Holz. Übersetzung des »Phantasus« von Holz ins Russische. Mitarbeiterin des Instituts für Weltliteratur an der Russischen Akademie der Wissenschaften in Moskau. Derzeit Habitilation über die deutsche Lyrik der 90er Jahre. Veröffentlichungen im Internet und in Fachzeitschriften.

Hartmut Löffel, geb. 1937 in Stuttgart, Studium der Germanistik und Romanistik in Tübingen und Bordeaux, lebt in Biberach/Riß. Veröffentlichungen u.a.: Zeit und Endzeit, Lyrik (1992); Solisten, Erzählungen (1992); Wechselnde Beleuchtung; Gedichte (1998); Der Sportler des Jahres und andere Satiren (2000); Der listige Lazarus. Annäherung an Heinrich Heine, Stück in 12 Bildern (2002; russ. Übers. u.d.T. Lukavyj Lazar' 2004), Die Anfälligkeit für Fallen, Erzählungen (2004).

Umschlaggemälde
Marina Razina, geb. 1966, studierte Malerei in Rybinsk (Jaroslavler Gebiet, Rußland), lebt in Ploskovo bei Pošechon'e; Ausstellungen in u.a. in Moskau, Pošechon'e und Paris; malt bevorzugt Malereien der nordrussischen Landschaft um Pošechon'e und Rybinsk.